阿彌陀佛阿嬤

文■潘　樵
圖■潘明君

母親已經八十歲了，在母親的身上，我除了看見生活的艱辛與悲苦的回憶之外，其實還有許多的故事，或精彩、或溫馨的那種……

LITERARY TIMES
博客思出版社

此書獻給我的故鄉與家人

推薦序一

台灣母親的愛與記憶

文◎丘紀芬（梨山有機茶農）

潘樵二〇一三年的新書《阿彌陀佛阿嬤》書名乍看之下，我還以為是講佛教的典故，等到飽覽書中那些會跳躍的有趣文字，一段段描寫出來的家庭生活故事，就這麼活靈活現地展開來，並且喚起我們中年人沈靜許久的孩童記憶，既深刻而動心。

阿嬤

書裡寫出屬於民國五〇、六〇年代兒時記憶的事，篇篇都是溫馨的有趣情事，對故鄉的情感依戀，亦總是在文字之中表露無遺。潘樵在書中主述母親的一切，具體呈現台灣婦女的堅毅與純樸，對於母愛的偉大不予落俗地歌頌，但扣人心弦地道盡對母親的感恩孝心。如作者在寒冷的雨夜回想：「那時候，每天天色未明，就會被媽喚醒，加件衣服，然後睡眼惺忪地立在廚房裏，望著忙著煮豆漿、杏仁茶，忙著蒸包子、饅頭的爸媽而不知所措……直到現在，那種又冷又睏的滋味，我著實難以忘懷，以致在這樣的雨夜裏，我總會有著深深的掛念。」台灣在那個時代背景的多數家庭，普遍處於艱苦的經濟環境下，父母為了掙錢養育兒女，多為不辭勞苦地打拚；如同潘樵寫出字字句句的情境，也讓我彷彿跌回孩提的時空裡，依稀還能聽到自己的母親在深夜的浴室裡手洗衣物的水聲，那些淡淡的感觸掛念，深信許多人對於母親和家人的牽繫心情，完全是一樣的。

〈柴堆童年的記憶〉——抽取柴木發現蛇蛋，有這樣的驚喜，恐怕沒幾個人有機會體驗吧？！隨著文字一路遊走，讓我們身歷其境，赤子童心的點點滴滴情事，煞是有趣極了！〈母親的故鄉〉——寫著淡淡的思鄉情愫，懷舊風情的台灣小鎮風光，帶領讀者走過埔里、芳苑，還有作者故鄉許多角落場景。〈騎腳踏車的意義〉——在台北都會長大的我，根本是無法體會到的成長內涵，所以小時候的我特別期待放暑假坐火車到台中外婆家玩，此時，真是羨慕潘樵有這樣的「幸福童年」。

這本書更包含植物學的趣聞，難能可貴的帶領大家認識周遭的植物，諸如提到麒麟花、螃蟹蘭、刺竹、肉桂、野薑花……等等寓教於樂的效果，也是閱讀此書的另一種收穫呢！

這些年來，潘樵持續致力於台灣本土生態的關懷，遊歷各地集成文史紀錄，尤其佩服他在學識專長之外，因為對台灣土地的熱情，相繼出版了《蛙現台灣》和《台灣尋櫟記》這兩本生態專書，實在相當了不起！若再談起我對潘樵的認識，起始於眾人難忘的九二一地震那年，因企業刊物專題所需，廣邀各地文史工作室提供集稿，當時收到一封來自埔里「潘樵文史工作室」的回函，誠摯內文讓我印象尤為深刻，推崇他是一位道地紮實的文史作家，從一而終勤勉不懈。十幾年來，藉由邀請卡或網路部落格、FaceBook，或是抱書閱覽，潘老師的水墨創作、文章著作總能源源不斷地舉辦展出，文藝講座或是新書一一出版，例如潘樵部落格的經營，從第一百篇文章的通知訊息，第兩百篇，第三百篇……點點滴滴累積下來的文章精彩可觀，多產的背後，更能感動於他以文史作家之姿，帶著孩子在台灣各地進行田野調查，精彩呈現的圖文與大眾分享，並集結成冊的書累積多達五十幾本，肯定他踏實於台灣土地的觀察紀錄和情感抒懷的貢獻，實在不可多得並令人激賞欽佩。

猶記我特別鐘愛《鄉下老師閒賢沒事》那本小品書，故事張力不僅讀來會

心一笑，又心生歡喜，這次小品《阿彌陀佛阿嬤》寫的是母親和家人，故事是寫實而至情感人的，難能可貴的是能在書中看到潘樵的寶貝千金——明君的手繪插畫，果然青出於藍更甚於藍，饒富趣味的敘事又有樸真的插畫在其中，讓這本書更有看頭了。繼《阿彌陀佛阿嬤》即將付梓，若潘樵的一輩子的興趣將再度回歸關懷的主題，那麼，呵……我所期待已久的《鄉下老師閒賢沒事》續集，想必是指日可待了。

推薦序二

從台灣到家人——談潘樵的文字耕耘

文◎吳平（文化企業者）

收到潘樵寄來一本新書《因爲旅行，在台灣遇見美麗》，那是由南投縣文化局所出版的著作，也是潘樵第四次入選南投縣文學家作品集的作品，身爲他年輕時的文友，我爲他感到高興，但是卻也隱隱地察覺自己有種既羨慕又嫉妒的情緒產生，因爲我們都已經步入中年了，年輕的時候我也寫過一些風花雪月

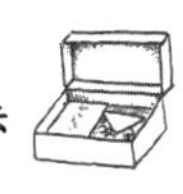

的文章，但是後來就完全荒廢，因此至今也沒有留下任何的著作，但是潘樵不一樣，五十歲的他竟然已經出版五十本書了，這是多麼讓人驚奇的成就啊，而更大的驚奇是，他根本就不是科班出身，潘樵在文字上的耕耘完全靠自己的苦學自學。

潘樵是讀電子的，但是後來卻在文藝上面有不凡的表現，顯然學校的教育並沒有給他太多的幫助；潘樵曾經表示，不管是寫作還是畫圖，都是因爲喜歡，他有一枚刻著「只是喜歡」的閒章，便是他對文藝創作的心情和態度。看來，因爲喜歡文藝，讓潘樵願意投入較多的時間與精神，而且也因爲喜歡，讓他得到一些成就和回報。

完成五十本書確實是了不起的記錄，但是潘樵並沒有因此就滿足，因爲他的文字耕耘一直沒有停歇，所以，如果以出版幾本書來論斷潘樵的成就，那顯然是不夠的，因爲我們還要知道，潘樵到底寫了什麼東西？

根據潘樵自己的描述，在國中的時候，因為他讀的是升學班，不僅在功課上要與班上的同學們競爭，就連其他方面的表現也不例外，那是一段悲慘的學生歲月吧。當時，潘樵的班上有一位同學在《南投青年》雜誌發表了一篇文章，那篇文章竟然意外地燃起潘樵不服輸的鬥志，於是他後來跑到書局去買了一些徐志摩或是朱志清的散文集，然後囫圇吞棗地胡亂翻閱一番，於是就這樣，讓潘樵在文學的土壤裏意外地埋下可能的種籽。

到了高一，在外地讀書的潘樵可能是因為思鄉的牽引及觸動，讓他開始想要抒發內心的一些情緒，於是試著提筆寫作，於是國中時因為不服輸而對課外書籍的大量閱讀，讓他的寫作有了意外的效果，因此很快地第一篇文章「綠竹下的思維」也在《南投青年》刊登了，接下來，在《中市青年》《幼獅文藝》及《文藝月刊》等青年刊物上，便時常可以看見潘樵的文字作品，不是新詩就是散文。如今三十幾年過去了，潘樵在文字上的創作始終是現在進行式，他就

像一位勤奮的農夫般，在文學的土地上持續地流汗耕耘，然後歡然收成。

民國七十八年，潘樵因爲家裏的需要而返鄉定居，這樣的決定讓他的寫作有了明顯的改變，因爲回到埔里之後，他爲了要紀錄家鄉的點點滴滴，開始不再書寫一些風花雪月的唯美文章，而改採樸實淺顯的文字，用來描述家鄉的人事地物，於是慢慢地，潘樵因爲寫作而認識埔里，後來更因爲認識埔里而變成文史工作者，甚至成爲地方文化的教育者，而這樣的改變不但讓我們深感意外，對潘樵來說，恐怕也不是他生涯規劃的一部份吧。

因爲勤於寫作，加上勇於嘗試的個性，讓潘樵在身爲文史工作者的階段完成了許多相關的著作，包括埔里第一本舊照片選輯《舊情綿綿》、埔里第一本完整記錄清醮的專刊《埔里祈安清醮一百年》、埔里第一本旅遊書《山城埔里步道》、埔里第一本客家專刊《埔里客家》、埔里第一本紅茶書《水沙連紅茶》等等，而這些著作同時也讓潘樵在埔里的文史領域擁有一席之地，但是他並不因此就滿足，他以埔里作爲中心，然後逐漸地擴大書寫的範圍，於是周圍的鄉鎮甚至是整個南投縣，後來都成爲他筆下的點點滴滴。

因此從寫埔里、寫南投開始，到後來寫台灣，對潘樵來說就像水到渠成一樣，加上他喜歡旅行，而且目前又愛上生態觀察，所以他的台灣書寫自然與旅行及生態結合在一起，曾經先後出版《感動來自土地》《蛙現台灣》《台灣尋櫟記》以及最新的《因爲旅行，在台灣遇見美麗》四本書，而《蛙現台灣》一書更榮獲金鼎獎的肯定。

因爲要書寫台灣，所以讓潘樵在台灣島上四處旅行及探險，從山巔到海邊，從城鎮到鄉間，這是需要時間與體力的，不像一般的作者只要坐在電腦前面便可以盡情地書寫，因此潘樵在進行這一系列台灣書寫的計畫時，我們不但意外、驚喜而且還有更多的佩服，因爲他就像一位年輕的小伙子，展現出過人的精神及體力，他以一年三個月的時間完成台灣所有蛙類的記載，接著只花一

年二個月就找齊台灣五十幾種的殼斗科樹木，這樣的行動力不但讓我們感到驕傲，也讓台灣的生態界驚呼連連。

因此，朋友們都在期待，潘樵接下來會給大家帶來什麼樣的驚奇，結果他卻在《台灣尋櫟記》的新書發表會上宣佈，未來他會把書寫的重心擺在故鄉及家人的身上，果不其然，才相隔三個月，就在他寄給我《因爲旅行，在台灣遇見美麗》一書的同時，竟然還一併寄來《阿彌陀佛阿嬤》的書稿，而且要我幫他寫篇序文。從台灣這樣的大領域回歸到母親及家人這樣的小題目，其實並不是潘樵累了，而是他再一次展現出「不按牌理出牌」的叛逆性格，因爲他知道大家都在等待某種更大格局的創作，但是他偏偏不讓我們如願，這就是潘樵。

《阿彌陀佛阿嬤》是潘樵比較深情的一本散文作品，書中的文字讓我依稀看見年輕時的潘樵，沉穩內斂而且充滿熱情，而且透過他的文字，我們認識了一位平凡的母親，而在平凡當中，進一步見識到台灣女性特有的堅強與溫柔，於是讀來讓人覺得份外親切感人。這是潘樵的第五十一本書，也是他從台灣回歸家鄉之後的第一本著作，對潘樵而言，出版幾本書顯然並不重要，重要的是他寫了什麼？因此《阿彌陀佛阿嬤》的出版，讓我們看見潘樵的不受限制與無限可能，所以，接下來他會寫什麼？恐怕沒有人知道吧。

自序

回歸與關懷

經常會有朋友問我，我何以能夠持續地創作下去？其實方法無它，那就是「計畫」，計畫性地去進行某些願望或者是理想，而且是腳踏實地的那種，於是一步一腳印，經過一段時間的累積之後，成果自然會呈現出來，不管是寫作、繪圖還是其他方面其實都一樣；因此每當我完成一項計畫時，周遭的朋友便會關心地問我，接下來要做什麼？甚至還會幫我出主意，顯得比我還更積極。

民國一〇一年七月，我在埔里鎮立圖書館舉辦《台灣尋櫟記》的新書發表會時，我曾經告訴現場所有的師長和親友，接下來我會把重心擺在故鄉南投以及我的家人身上，因爲在過去的幾年間，我花了太多的精神及時間在書寫台灣的計畫上面，而且也陸陸續續地完成了幾本以台灣爲主題的著作，我覺得應該是回歸家鄉的時候了，而這樣的回歸是屬於一種內在的省思與心情的沉澱。

過去，我的文字書寫是從埔里出發的，然後慢慢地擴及周邊的鄉鎮以及整個南投縣，後來甚至還包括了台灣，而如今我打算回到南投埔里來繼續進行書寫，那不是遊子返鄉，也不是倦鳥歸巢，而是一種對家鄉應有的關懷以及一種能量的儲存和準備，因爲在不斷旅行、探索及書寫的過程中，我就像一位揮汗打拼的工人般，逐漸流失體力和能量，所以我需要一個可以讓我休息和沉澱的空間，讓我調整心情、讓我充實精進，而故鄉與家庭正好給了我這樣的環境。

完成《台灣尋櫟記》一書之後，我當然還要上班賺錢，手邊也還有一些計畫要執行，但是我清楚地知道，自己不再像以前那般忙碌和急躁，我常常會

窩在客廳的沙發聽音樂，或是到附近的溪堤吹山風看夕陽，要不然就是牽著小狗去散步，或者到朋友家喝茶聊天，生活是過得十分閒散慵懶，於是在這樣的情況下，我有了比較多的時間可以跟自己對話，並且去檢視自己過去的所作所爲，那是一種自我的梳理和反省。

作品的好壞有時真的很難論定，但是我知道自己是可以寫、可以畫的人，因此我深深的覺得，既然上天給了我這樣的能力，我就應該好好地發揮，所以寫什麼並不是那麼重要，重要的是我有沒有認真寫，因此我可以寫人文、寫生態、寫旅行，當然也可以寫其他的主題，於是在這樣的認知之下，我開始想要幫母親寫一本書，因爲在母親的身上，我除了看見生活的艱辛與悲苦的回憶之外，其實還有許多的故事，或精彩、或溫馨的那種。

母親已經八十歲了，身體還算硬朗，雖然不識字、雖然多操煩，但是她的生活其實沒有想像中的單調與平凡，於是我透過聊天與回憶的方式，試著找出一些屬於母親正向和有趣的事物來，然後寫成文字，也寫成一種可以分享的內容。《阿彌陀佛阿嬤》便是在這種情況下所完成的一本小書，書中有早期的文章，也有最近的創作，書中除了描寫屬於母親的點點滴滴之外，還包括家人生活中的一些小故事，因此這是一本非常小我的創作，不過它卻也是我從台灣的大主題回歸到家鄉小範疇之後的第一本書，因此對我而言具有很大的意義。

既然是一本屬於家人的著作，我決定讓它更加徹底的家人化，因此書中的插畫不假他人之手，我特地麻煩平時也喜歡塗鴉的女兒來幫我完成，雖然她現在就讀高三，正是功課最沉重的時刻，但是利用假日回家的零碎時間，她還是順利地完成任務，讓這本小書增添一些年輕與有趣的內容。

寫了五十本書，第五十一本才寫母親、寫家人，看似有點慢，但是我卻覺得爲時不晚，因爲寫作不是一時興起，而是一輩子的興趣，因此在《阿彌陀佛阿嬤》這本書完成之後，我仍然會繼續將目標放在故鄉與家人的身上，因爲心

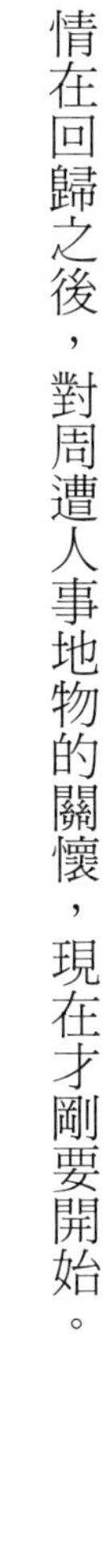
情在回歸之後，對周遭人事地物的關懷，現在才剛要開始。

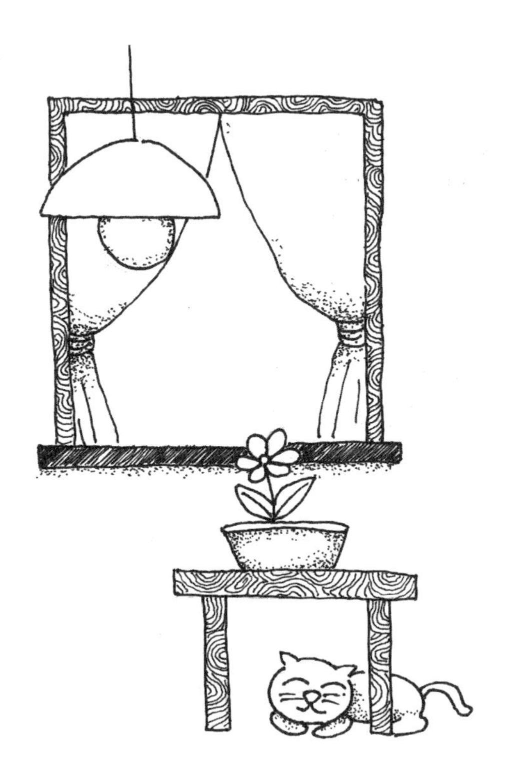

目錄

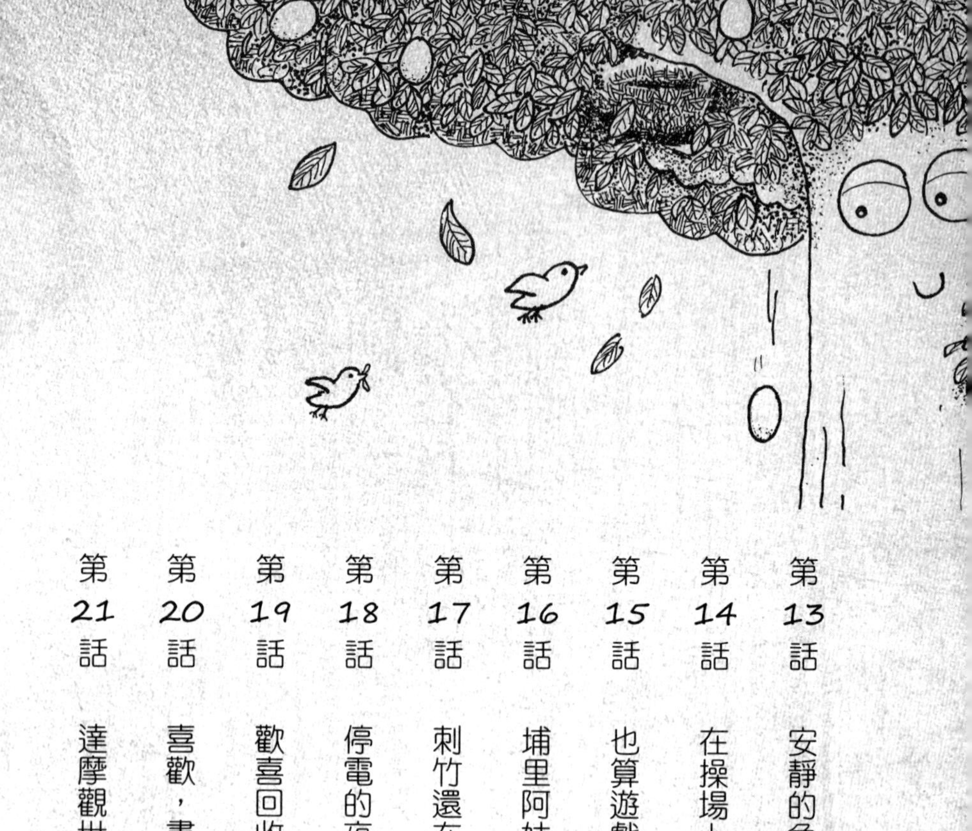

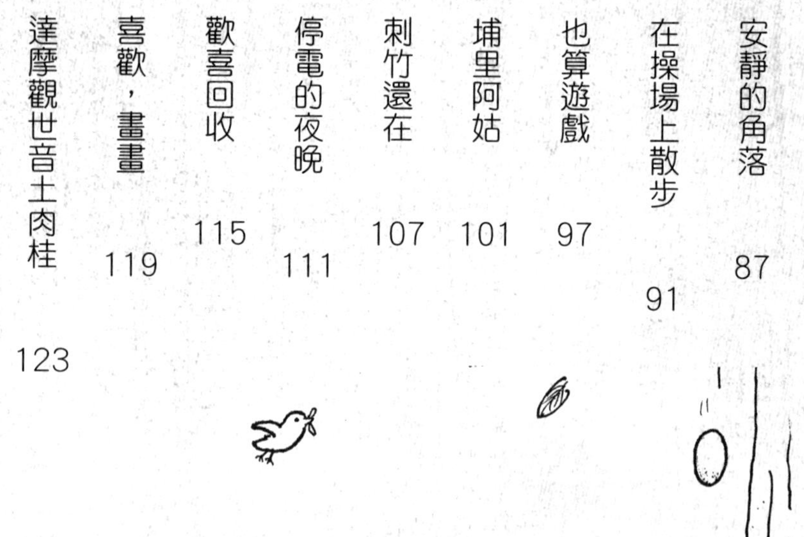

阿彌陀佛阿嬤

母親已經八十歲了，在母親的身上，我除了看見生活的艱辛與悲苦的回憶之外，其實還有許多的故事，或精彩、或溫馨的那種……

阿嬤

今晚落雨

冷冷的夜裏，窗外是冷冷的雨。

有著太多像這樣的靜謐的雨夜，我常常無法入夢，在靜默的時空中，總是禁不住讓自己的思懷氾濫；想著家，惦念著爸媽，以致貯滿耳際的雨聲，於淙潺之間竟也有著幾許的戚然，就如同我當下的心情一樣。

雨音忽急忽緩，夜已深了，我疲憊著，把身體投入床的承納裏，躺成舒服、躺成適然，但是無奈，腦海裏一直浪湧不歇。凌晨已過了，再過不久，家裏的爸媽就要起床工作了，在如此寒冷的雨夜裏；想到這裏，我的內心不禁有著一份深深的自責和愧悔。

從小，家裏就一直貧困著，而且我們兄弟姐妹又眾多，因此，爸媽所承受的生活擔子也就份外地沉重，再加上家無恆產，完全依靠著賣早點維生，所以，生活的困苦和艱辛一直是揮拂不去的；也正因爲如此，所以我們兄弟姐妹們打從懂事開始，就必須學著做家事、雜務，來幫爸媽的忙。記憶中，自從大姐及大哥出外當學徒之後，這些工作便自然落在我的身上，而其中最令我不願和難忘的，莫過於幫爸媽賣早點了。

那時候，每天天色未明，就會被媽喚醒，加件衣服，然後睡眼惺忪地立在廚房裏，望著忙著煮豆漿、杏仁茶，忙著蒸包子、饅頭的爸媽而不知所措；而母親總是喚我幫她拿砂糖、取水，或者看顧正在煮的豆漿，以免讓豆漿因爲沸滾而溢流出來。等一切準備妥當之後，便得將所有的物品擺上放在門口的攤車，然後跟著爸媽把攤車推到街市去。

而在一處十字路口的騎廊下，幫爸媽擺桌椅，做些輕巧容易的事。等一切就緒，接著便騎一輛小腳踏車，穿過好長好暗的街巷，去載油條及燒餅回來……對於當時，有太多的記憶就像現在一樣，落著雨，寒冷著。記得那時候有好幾次，我抱怨著問母親，爲什麼不晚一點再出來呢？「小孩子懂什麼？趁別人還沒出來賣，先搶些生意啊！」但每次，我總會被母親認真地斥訓一番；因此直到現在，那種又冷又睏的滋味，我著實難以忘懷，以致在這樣的雨夜裏，我總會有著深深的掛念。

而如今，兄弟姐妹們，無論成家、工作或者求學，都已經一一地離鄉而去，獨留年老的爸媽守著故居；雖然退伍之初，我也曾經留在家中一段時日，幫爸媽賣早點、陪他們過日子，但是我終究還是離開了，美其名是爲了出外奮鬥，開創屬於自己的前途，但是事實上，根本就是我無法過慣那種日子。雖然，我們都曾經勸過爸媽，希望他們把早點攤收起來，在家享清福，但是母親

執意不肯；除非我們大夥都已成家立業，但我知道那只是個藉口罷了，即使我們都已成家立業，爸媽仍有其他的理由，用以回絕我們的請求。

所以，在他鄉的歲月裏，我總是有著無法釋懷的牽掛，特別在落雨的日子裏，這份擔念尤爲強烈。今晚落雨，窗外的雨仍舊潺潺地落著，再過一會兒，爸媽就要起床了；想到體弱多病的母親以及年紀老邁的父親，在人們仍在睡夢之時就要起床操勞，我不禁有一份想哭的愧悔，身爲子女的我們，不能侍奉父母於身側已是不孝，還讓年老的爸媽辛勞，我們實在無顏立足啊！想到這裏，我彷彿依稀看見，披著雨衣、戴著斗笠的爸媽，正推著沉重的攤車，緩緩地在漆黑冷慄的街巷中前進……

雨，何時才停呢？這樣的雨，真的是落得令人難過、讓人憂愁。

水缸

家裏有一只陶缸，那是以前爸媽賣豆漿時，裝黃豆用的。幾年前，爸媽因爲年紀大了，把早點攤讓渡給別人經營，於是那只陶缸遂因此而用不著，被遺棄在家裏的角落。

搬來鎮郊的新家，一些破舊的雜物、傢俱，賣的賣，丟的丟，就只剩下那只陶缸，我捨不得丟棄；也許是喜歡陶缸的那份古樸吧？也可能是缸裏有著爸媽辛苦的回憶，但不管怎樣，我留下了它。

在佈置新家的過程中，我一直想著要怎樣來利用那只陶缸；裝米，太大了。插花，也不適合。塡土種些花草，也覺得不妥，因此想歸想，我終究還是

阿嬤

把它擺在院井裏，任憑風吹雨淋。

直到最近去拜訪一位朋友，看見他客廳澈淨的水族箱中，養著悠游美麗的熱帶魚時，我才不禁想起那只陶缸來；其實我也可以養魚的，就用那只陶缸。主意既定，回到家裏之後，我便把那只陶缸洗淨，擺在門口，然後在缸裏放幾塊石頭，並且盛滿清水，接著到附近的田溝裏去撈些大肚魚回來；就這樣，我開始養起魚來了。

後來，我還到附近的田裏撈取浮萍，到溪裏去抓蝦子和螃蟹，把那只水缸經營得份外生動而且有趣！許多來訪的朋友看到水缸的擺設和使用，總是稱羨不已，包括那位家裏有水族箱養熱帶魚的朋友；有一天，他還特地買了十幾隻紅色的小金魚前來給我，讓我的水缸一下子鮮亮活潑了起來，彷彿陶缸也有了生命一般。

假日的午後，閒著沒事，我常喜歡蹲在門口，然後趴在水缸邊緣，靜靜地

去觀看水缸裏的世界；幾塊石頭、一缸水澈，以及浮萍幾朵，魚兒便能夠怡然自得地生活著，不管缸外世界的紛擾和爭奪，也不管天晴或雨落，滿足且平靜著，一如閒適午後自己的心情。趴在缸口，看著魚兒悠遊，也看見自己的容顏倒映在水影中；扮個鬼臉，嚇不著魚兒，卻常常惹得自己發笑。

有一回在觀看魚兒時，我發現水面浮泛著一層油漬，當時我十分肯定不是餵食的飼料所造成，而懷疑可能是鄰居的小孩亂丟食物在水缸裏所致，因爲鄰居有幾位小朋友，常喜歡來「照顧」我的水缸，最常見的，是丟些糖果和餅乾在水缸裏，小孩子的心態，無非是想跟魚兒分享他的零食吧，只要不是很過份，我通常是一笑置之，何況魚兒並不介意！但是有一天上午，當我準備去上班而打開大門時，驟然發現一隻野狗正趴在水缸上，並聲聲作響地喝著水，一時之間，我才恍然明白，水面上的油漬是怎麼一回事了。

一只陶缸，盛滿清水，養些魚兒，我的生活遂多了些許的情趣；而意外的

是，還提供給鄰居的小孩分贈愛心的機會，以及給了野狗止渴的方便。

38 阿彌陀佛
阿嬤

阿彌陀佛阿嬤

母親是一位虔誠的佛教徒，早晚一定會在佛堂前念經誦佛，數十年來如一日，未曾見她鬆懈，因此跪坐在佛前念佛的母親的身影，一直是我心中最美麗的一幅畫面，屬於安詳而溫馨的那種。

我有兩個孩子，在他們還很小的時候，母親和岳母他們都叫阿嬤，因此每當我和他們談及母親的種種時，他們經常會一臉的疑惑？因爲在他們還懵懵懂懂的心裡，可能還分不清楚我口中的阿嬤是指母親還是岳母？於是後來，爲了讓孩子們更清楚我在說誰，我經常會在阿嬤之前刻意加上母親或岳母的名字，或者是用祖母與外婆來加以區分。

阿嬤

那是一個下著雨的春天夜晚，母親來電要我們回家一趟，因爲她在精舍裏向師父要了兩條十分精美的菩薩造型的項鍊，準備要送給她的兩個孫子，因此晚餐之後，我們遂從鎮郊的住處驅車回到市鎮的老家。途中，女兒問我：「爸爸，我們要去那裡？」我答：「回阿嬤家，阿嬤說有東西要送給你們。」小兒子接著問：「阿嬤？是阿彌陀佛阿嬤嗎？」兒子的發問讓我和妻子都愣然一笑，於是反問他：「你怎麼把祖母叫做『阿彌陀佛阿嬤』？」「對啊！每次看見阿嬤她都會一直唸『阿彌陀佛——阿彌陀佛』的。」聽完兒子的解釋，我們笑得更大聲了。

回到老家，母親十分高興地拿出兩條精美的項鍊來，並且幫兩個孩子掛在脖子上，母親的表情就像考試考一百分的孩子般，顯得十分得意；這時，我告訴母親，她的孫子在剛剛返家的途中說她是「阿彌陀佛阿嬤」的事，一時之間，母親的笑容是更加燦爛了，於是摸著兒子的頭頂喃喃地唸著：「阿彌陀佛

——阿彌陀佛，給你乖乖、聰明，認真讀冊。」

母親是一位虔誠的佛教徒，早晚一定會在佛堂前念經誦佛，數十年來如一日，未曾見她鬆懈，因此跪坐在佛前念佛的母親的身影，一直是我心中最美麗的一幅畫面，沒想到竟然也成爲兒子心中最能代表阿嬤的圖像，於是在阿彌陀佛阿嬤的稱喚中，我看見孩子的天真，也看見母親的虔誠與堅持，那是一種令人動容的信念吧。

阿嬷

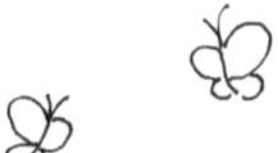

野薑花的回憶

鎮郊南邊有一條野溪，水流清淺而不湍急，從山林裏匯集澗水而下，或蜿蜒柔順，或活潑輕快，淌過田野、穿過聚落，同時也滋潤出一路的清涼與鮮綠。

夏天到了，野溪兩旁的樹蔭下，野薑花從深綠的色澤中透出一身的雪白與芬芳，隨著山風的吹拂，也隨著溪水的湧動，野溪旁的小徑上遂有暗香浮湧，浮湧而出的，除了醉人的清香之外，其實還有一些屬於我過往的回憶。

在貧困的童年，採野薑花到市集裏去賣，經常是暑假生活中的一部份。那時候，天才剛亮，一把鐮刀、一只水桶，我就可以採回滿滿的清香；去掉多餘

的葉子、去掉枯萎的花片，三枝或五枝束綁成一把，我便可以在市場裏換來一些金錢以及過多的讚美：「多懂事的孩子啊！」因此童年儘管是貧困的，但是採野薑花卻讓我擁有滿滿的肯定與驕傲，那也算是一種富有吧。

野薑花不見得每次都能賣完，賣剩的，母親會將它插在神桌上的花瓶裏，因此夏天一到，家裏經常會瀰漫著野薑花略帶甜味的清香，那是屬於夏天的家的味道，因此後來長大，不管是到外地求學或者工作，只要再聞到野薑花的芬芳，心中便會不由自主地想起家來，那是一份甜蜜的牽扯吧。

印象中，母親是在五十歲左右才皈依佛門的，雖然她不識字，但是靠著錄音帶以及自己的反覆練習，她竟然能夠在短時間內完整地唸誦多部經文，這讓我們都訝異不已，不知道是母親具有慧根？還是因爲虔誠所產生的毅力所致？因此，每當我看見母親跪坐在三樓的佛堂中默默地唸著經文時，心底常會有一股激動，半生勞苦的母親，似乎在唸佛當中找到了一種依靠和身心的放鬆。

不知道是不是因爲童年時家中的客廳神桌上經常有著一束花白所致，母親也喜歡在佛堂中插一把野薑花，於是在梵音輕揚中遂有滿室的清香，讓人在閉目靜坐中常常會有一種錯覺，彷佛正身處在山林溪畔，吐納之間盡是沁人的舒涼，那是一種讓人感到幸福與平靜的氛圍吧。

因此，在陽光炙熱的仲夏，到鎮郊南邊的野溪旁採一把野薑花，讓母親供佛，也讓自己在花香當中找回一些回憶，一些遺落在記憶底層的感動。

阿嬤

麒麟花

老家的三樓陽台上，擺滿著各式各樣的花草盆栽，那是母親種的。

母親是一位虔誠的佛門子弟，她所歸依的精舍，座落於鎮郊一處幽靜的山腳下，沒事時，她常喜歡前去精舍裏聽老師父講述一些佛經道理，或者是幫忙整理精舍內外的環境，因此，和精舍裏的師父們十分熟絡。

有一回，母親從精舍帶了些花草回來，並且告訴我們，在精舍的庭院裏，師父們所種的花開得有多美、樹木長得有多好，言下之意，彷彿她也有一份功勞似的，而在那種略帶誇耀的描述裏，其實我們清楚地感受到母親也想要效法學習的念頭。不過老家並沒有前庭後院可以讓母親種植花草，因此，原本堆置雜物和曬衣的三樓陽台，便成爲母親可以一了種植心願的場所了。

不過母親並沒有買盆器，而是從廚房裏清理出一些破舊的鍋子、鐵罐及塑膠瓶，然後在底部鑿幾個小洞、裝上沙土，便開始用來種植。從此以後，每當母親再從精舍裏回來，經常可以看見她機車的前籃裏，放著幾包用塑膠袋裝著的不知名的植物，而那些不起眼的花花草草，便成了母親每天清晨和黃昏都會逗留在三樓陽台上的唯一理由。原以爲母親只是一時興起、只是種著好玩，沒想到她是認真的，一如她對菩薩的執著、對佛祖的虔誠一樣。

有一次，幫母親提衣物上三樓晾曬，我才訝然發現，原本雜亂的陽台，竟然已是一片綠葉青翠、花開耀眼，給人一種完全料想不到的驚喜場面；當時，對於母親我忽然有種難以相信的陌生的恍惚。

搬來鎮郊的新家已經四年了，在這一段期間，母親時常會從老家帶來一

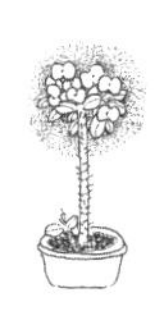

些長得正茂盛，或是花開得正燦爛的盆栽來給我，並且要我擺放在三樓的佛廳裏，算是一種佈置，也是一種對神佛的尊敬和供養吧！而我總是不太在乎，不過倒也不反對就是，然而母親所帶來的植物，最後總是會在我漫不經心的心態下，因疏於澆水照料而日漸枯萎凋零，因此，母親便經常爲此而不厭其煩地替我更換新的盆栽，但是她卻從來不曾責備我，只是一再地叮嚀，早晚要記得燒香拜佛。

記得是今年春天一個假日的下午，母親參加精舍裏禪七的活動剛結束，便專程過來探視她三個月大的孫子，當時她交給我一撮用報紙包裹著的植物，同時交待我要將它種妥，然後擺放在門口。那是麒麟花，一種莖幹上長滿尖刺的植物——師父說，它可以避邪，可以保佑你們全家平安。

母親以一種十分深信的口吻告訴我，雖然是迷信，但是她的語氣裏卻也有著一種讓人不能怠慢的認真，因此翌日，我便買回了花盆，將那撮麒麟花種放在門口的牆柱下。之後，經過一季春霖的滋潤，再加上夏季豐沛的雨水，那盆麒麟花不需要照顧，便長得綠葉茂密、生機盎然；看到這種情景，再想到母親過去給我的盆栽總是枯死，心中不禁覺得釋懷坦然，這回對母親總算可以交待了。

不過出人意料之外的，母親對於這樣的結果並不滿意。每次前來，對於那盆麒麟花總會疑惑不解地嘮叨一番，原因是它沒有開花，而我只能心虛地安慰母親，要她別著急，再過一陣子就會綻開了；但是積極的母親並不想等待，她特地去跟人家要了一包雞糞前來施肥，但是只見麒麟花拼命地長出一片又一片翠綠的葉子來，把莖幹上的尖刺都給遮掩住了，就是沒有任何要開花的跡象，這樣的情形讓母親相當失望，她一直告訴我們，精舍裏師父種的麒麟花開得好多、好漂亮。

——會不會是葉子太多，吸去過多的養份。妻子在一旁這樣提醒我，並且

告訴我，在她上班的工廠附近也有住家種植麒麟花，花開得很多，不過都是一副光禿沒有葉子的景象。我心裏想，也許真是那樣，於是找來一把剪刀，我將那盆麒麟花的葉子逐一剪去。利刃剪斷後的葉片，刹時流出白色的汁液來，妻子的推測顯然十分正確，每片葉子都飽含著相當多的養份，難怪開不了花。剪去葉子之後的那盆麒麟花，尖刺又紛紛裸現，一副猙獰不可侵犯的模樣。

上個星期，有一天下班回來，細心的妻子瞧見了麒麟花的莖幹上端冒出了點點鮮紅，在昏暗的薄暮中顯得十分惹眼。而這樣的發現，讓我有種完成任務般的興奮與喜悅，因此我隨即打一通電話回老家，告訴母親她期待已久的麒麟花終於開了；透過話筒，母親的高興和滿意是清晰的，就彷彿她那笑著臉、瞇著眼的神情，也可以透過話筒瞧見一般。

在電話那頭，母親高興地說著：「師父說，花開愈多，表示你越會賺錢……」一時之間我才恍然明白，原來母親真正在意的，並不是麒麟花開不開？而是我們這些子女過得好不好？一盆植物，無非只是代表她對我們的關心和期盼罷了。

騎腳踏車

每逢週休假期，從住宿學校回來的孩子們，除了學校交待的作業之外，我們通常是不會給他們額外的功課，總希望他們能夠輕鬆一下，在沉重的功課與學習之後，可以得到一些喘息的空間，所以只要狀況允許，在假日我通常會帶著他們到處去遊山玩水，要不然就是在住家附近的田野間騎腳踏車。

騎腳踏車對我們來說，是無關環保或健康的，我們只是單純地想讓孩子們出去透透氣、散散心而已，因此我們行經的路線不會固定，而且是走走停停的那種，途中只要遇見特別的事物，便會讓我們停下車來，可能是一朵美麗的野花，也可能是一間漂亮的別墅，或者是路上一隻被壓扁的蛙屍，停車是爲了看

風景，也是因爲發現了趣事。

其實，現在的孩子儘管有辛苦的地方，但是也有幸福的一面，就拿騎腳踏車這件事來說，對兩個孩子而言，根本就不可能會與工作或辛苦牽扯在一起，但是對我來講可就不一樣了，因爲從國小三年級學會騎腳踏車開始，便是我與童年某些東西說再見的階段，因爲小時候家裏賣豆漿早點，學會騎腳踏車，其實正意味著我必須要開始幫忙做生意了，於是天還沒亮，跟著爸媽將攤車推到街市的路口，然後騎著腳踏車到不同的地點去載燒餅、油條及肉包、饅頭回來，遂成爲我童年生活中的一部份。

那樣的日子，在當時並不覺得有什麼辛苦或委屈，因爲家貧，所以能夠幫忙爸媽做些事，在稚幼的心靈裏總認爲那是應該的，不過，在寒冷的冬天，一大早就要從被窩裏爬起來，著實是令人有些心不甘情不願，所以我記得很清楚，在寒冬的某天清晨，天色還暗著，從巷弄裏的住家把腳踏車騎出來，經過一條溝渠上方沒有護欄的水泥橋時，不知道是還沒睡醒？還是一時精神恍惚？我竟然連人帶車摔進溝中，霎時！冰冷的溝水讓我頓然驚醒，於是緊緊地攀住溝壁，跟在後面的母親見狀，趕忙將我及腳踏車從溝中撈起來，母親當時並沒有責備我，只是要我回家換衣服，然後繼續去睡覺，於是我得以重新鑽進溫暖的被窩裏，那天清晨，我忽然覺得自己好幸福。

曾經跟孩子們提過，我小時候騎腳踏車幫忙父母親做生意的事情，當然也包括摔落溝中的那次意外，孩子們儘管聽得津津有味，但是從他們的表情我清楚地知道，他們還是很難體會，騎腳踏車在我的童年中所代表的某種意義，那是一種無奈的早熟以及對環境的認命吧，不過對於當年的辛苦，他們倒是能夠領略一二，因爲天還沒亮就要起床，對他們來說，也同樣是心不甘情不願的。

童年時，在冷冽的冬晨，當別人家的孩子還在被窩裏做著夢時，我就已經在寒風刺骨而且陰暗無人的街市裏來回地騎著腳踏車，如今想起來，仍然讓人

不禁覺得有些顫縮，彷彿寒風正迎面撲來一般；於是在週休假期裏，陪著孩子們到野外去騎腳踏車，也許潛意識裏有著某種補償的心態存在，希望騎腳踏車這件事對孩子們來說，不要與工作或辛苦牽扯在一起，而是永遠都是快樂與有趣的。

阿嬤

螃蟹蘭的記憶

雖然住在鄉下地方，但是因爲我們家沒有廣闊的庭院，也沒有田地，因此我始終很羨慕那些擁有前庭後院或是住家旁有一塊空地可以種些東西的人，因爲在我自以爲是的觀念裏，總覺得可以在家裏種些花花草草，是一件既悠閒又浪漫的事情。

其實，小時候的住家就有一塊庭院，但是在生活普遍貧困的年代裏，那處庭院並不是用來種植花草的，而是曬衣服、飼養雞鴨以及堆放柴薪的地方，而且在當時那種必須勤儉過生活的社會氛圍中，所謂的悠閒或是浪漫，根本就是一種不切實際的奢侈，甚至是種罪惡吧；但是儘管如此，我依然清楚地記得，小時候老家庭院的圍牆上，母親掛著幾盆螃蟹蘭，於是在農曆春節的前後，當螃蟹蘭開出豔紅的花朵時，我們的心情似乎也跟著燦爛起來，那是一種既簡單又幸福的浪漫吧。

母親把那些螃蟹蘭照顧得很好，除了持續地澆水之外，偶爾還會將蛋殼覆蓋在盆器的上面，聽說對植物的生長很有幫助，而那些螃蟹蘭似乎也明白母親的用心，於是認真而且快樂地成長，因此不斷膨漲的莖根總是讓原本的盆器顯得擁擠不堪，所以每隔一段時間，母親便會將那些螃蟹蘭分植開來，於是掛在牆上的螃蟹蘭遂日漸增多，後來，連屋簷下及曬衣服的竹竿上都有了螃蟹蘭生機盎然的身影。

其實，螃蟹蘭並不是蘭花，它是一種多年生的仙人掌植物，又稱為蟹爪仙人掌，但是對母親來說，螃蟹蘭是什麼樣的植物顯然並不重要，重要的是它會開花，而且是在過年的期間開花，因此在屬於年節歡樂與團圓的氣氛中，我們

家總會因爲螃蟹蘭而多了一種可以分享的喜悅及驕傲。當時，在過年期間免不了會有一些親友到家裏來走春拜年，當他們望見庭院裏那些燦爛的螃蟹蘭時，在訝異之餘總會讚美一番，於是在母親的臉上，我們遂看見如花一般的笑容。

但是後來，當我們從老家搬到新社區的透天厝之後，由於缺乏適當的空間，因此母親只好將那些螃蟹蘭分送給鄰居們，從此之後，螃蟹蘭便從我們的生活當中完全消失，但是始終沒有消失的是，我們對於螃蟹蘭的一些美好記憶，於是在往後的歲月中，如果不經意地在其他地方遇見螃蟹蘭，小時候老家庭院的燦爛花容，便會從記憶的深處綻放開來。

阿嬤

壽生經

母親雖然不識字，但是她卻能夠讀經唸經，而且數十年來從不間斷，這樣的毅力是一種來自於信仰的力量吧。

我記得很清楚，那是我讀高中的時候，有一年放暑假回家，母親要我跟她到鎮上的城隍廟，因爲她當時在廟裏擔任鸞生，晚上必須到廟裏幫忙誦經，但是她不識字，因此不會唸經，雖然有其他的鸞友會教她，但是學習的效果並不理想，因此讓她覺得很不好意思，所以他要我跟她去學，然後回家用錄音機錄起來，讓她可以在家裏反覆地練習。

於是那年暑假，我遂在鎮上的城隍廟裏學會了幾部經書，其中，「壽生

經」是我學習唸經的開始，至今，我仍然可以背出部分的內容：「貞觀十三年，有唐三藏法師往西天求教，因檢大藏經，見壽生經一卷……」。廟裏的鸞友都是用漢語在唸經，雖然與閩南語有些許的不同，但是差異並不大，所以學習起來並不困難。如今，我經常受邀到鄉間的社區或是老人團體去舉辦講座，可以全程使用閩南語來演說，應該與當時的經驗有關吧。

其實，經書的內容母親應該是不懂的，她只是單純地將經文完整地念出來而已，但是這並不妨礙她到廟裏服務的熱忱以及對信仰的追求，即便是後來，她轉而到佛寺裏幫忙，她依然是用最原始的方法來學習經文的背誦，她會先拜託精舍裏的師父幫她錄下經書的內容，然後在家裏反覆地聽說練習，直到熟練為止，如今她已經可以不用看經書，就完整地念出許多的經文，包括心經、金剛經、彌陀經及觀世音菩薩普門品等，著實令人訝異。

母親與大哥同住，在住家的三樓設置一處佛堂，虔誠的母親早晚都會在

佛堂裏唸經：「爐香乍熱，法界蒙熏，諸佛海會悉遙聞，隨處結祥雲，誠意方殷，諸佛現全身，南無香雲蓋，菩薩摩訶薩。」念完這段開經偈，接著便可以開始進入經文的內容，每當聽見母親專注而持續的誦念聲從佛堂傳來，我便會不由自主地想起當年的往事，「貞觀十三年，有唐三藏法師往西天求教，因檢大藏經，見壽生經一卷……」因此，打開一部壽生經，其實也打開一段我與母親共同學經的過往，那是溫馨而且莊嚴的回憶吧。

落花，生

小時候，家裏從事早點的生意，因此，廚房的角落擺著幾個大小不一的陶缸，那是用來裝黃豆、米粒以及花生用的。每天清晨，天還沒亮，我就得起床幫忙父母親在廚房裏磨煮豆漿、米槳和杏仁茶，那時候，廚房裏彌漫著熱氣，在略顯昏暗的燈光中，還有一股隨著熱氣而四處飄散的香氣，香氣中融合著黃豆、花生與杏仁的味道。

每隔一段時間，當陶缸即將見底，父母親便會通知住家附近的雜貨店前來補貨。黃豆以及米粒可以直接泡水使用，唯獨花生不行，因爲花生必須另外再炒過，才能增加其香氣，而炒花生的時候，鼎裏還要加入沙子一起炒，用以均

勻熱度，才不會讓花生半生不熟或是過於焦黑。

炒妥的花生還要置於竹籬上搓揉，使花生粒表面的薄膜去除，然後才能裝入陶甕裏。小時候生活較爲貧困，因此在沒有零用錢可以買糖果來吃的情況下，偷吃陶缸裏的花生是常有的事。因此，當年在住家附近的田地裏，我好喜歡有人種花生，因爲當花生採收完畢之後，已經鬆開的泥土裏仍然會有許多殘留的花生豆，拿個布袋前去撿拾，便可以輕易地帶回豐收的歡喜。不知道是不是因爲這樣的原因，讓我對於花生始終有著一種好感，那是一種不全然是因爲好吃所衍生的特殊情感吧。

落花生是一種一年生的豆科草本植物，在台灣俗稱土豆或花生，由於它的種子營養價值高，人們相信吃了會延年益壽，因而又稱它爲長壽果；然而落花生並不是什麼特別罕見的作物，因此人們對它一點也不陌生，但是很多人恐怕並不清楚，土豆是如何長出來的？而答案其實就躲在它的名字裏。

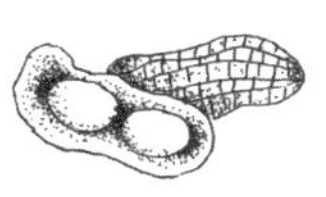

花生又稱土豆，意思當然就是指「長在土裏的豆子」，然而有趣的是，從土裏被挖出來的花生卻不是從植物的根部長出來，因爲花生的花朵會從莖節上開出，開完花之後，莖節處便會長出一條往下生長的莖根，莖根鑽進泥土裏才會結出花生果，換言之，落花之後才會生果，「落花生」之名便因此而來，但是特別的是，花生的果並不是長在枝葉上，而是長在土裏。

花落而生果，這對多數的植物來說是很正常的事，但是花生卻顯得不太一樣，因爲它的果實長在土裏，於是很容易就會被人跟地瓜、山藥、蘿蔔等作物聯想在一起，以爲花生也應該是從根部長出來，其實那是不一樣的，從根部長出來的地瓜、山藥或是蘿蔔，我們吃的是它的塊莖，但花生卻是果實，於是讓落花生在好吃營養之外，還多了一種奇特的趣味性，因此令人印象深刻。

捕蝶的童年

小時候，父母親在埔里街頭擺攤賣早點，當時的生活是清苦的，因此打從懂事開始，幫忙早點攤的生意便是我們家所有兄弟姐妹都無法置身事外的工作；除此之外，爲了增加收入，我們還在家裏養豬、養雞及養鴨，甚至到田裏釣青蛙、到河溝抓泥鰍、到溪床上摘野菜，也經常是我們童年生活的一部份。當年，只要是可以幫忙家裏的經濟，我們很樂意去做很多事情，如今回想起來，那時候到學校去讀書反而不是那麼重要。

捕抓蝴蝶去換錢，也是童年時常做的一件事情。我記得很清楚，當時一支捕蝶網要十七元，利用下課後的時間到附近的野地去捕蝶，我一個禮拜就可

以把成本給賺回來，把捕蝶所賺回的成本還給母親之後，那支捕蝶網就不再只是單純地拿來捕抓蝴蝶而已，它也會成爲我們抓魚時的重要利器。童年時的河溝，水流非常清澈而且魚蝦豐富，一開始，我們習慣用畚箕去住家附近的河溝捕魚，但是後來我們發現，用捕蝶網來抓魚收穫會更多。

找一處與捕蝶網大約等寬的河溝，然後在下游處插入網子，形成一處完美的陷阱，接著由另一位童伴從上游處去一路驅趕魚群，受到驚擾的魚兒便會往下游慌忙奔竄，然後紛紛地游進網中，因此我們輕易地就可以擁有滿滿的收穫；當時所捕捉到的魚蝦，除了可以給母親晚上加菜之用，也可以拿到市場裏賣錢，真是一舉兩得。

雖然捕蝶網常常被我們拿來捕魚，但是我們並沒有忘記，抓蝴蝶賣錢才是它最主要的功能，因此在蝴蝶紛飛的季節裏，那支捕蝶網宛如就是我們隨身的寶劍一般，讓我們可以在田野間快意奔馳、捕蝶無數。當時，捕抓到的蝴蝶我

們會立即將它捏死，然後小心翼翼地擺入繫綁在腰間的奶粉罐中，如果不小心弄破了它的翅膀，鎮上的昆蟲標本店就不會收購，我們的努力也就白費，所以翅膀不完整的蝴蝶因爲不能賣錢，因此我們是不抓的，就算無意間抓到了，我們也會放它飛走。

在住家附近的田野間，我們所能抓到的蝴蝶大多是粉蝶及弄蝶，由於價格不高，所以一到假日或是暑假，我們常會騎著腳踏車遠征到埔霧公路沿途的溪谷中去捕蝶，那裡的蝶況好極了，因此收穫常常出乎我們的意料，小小的奶粉罐根本就裝不下那麼多的戰利品，所以我們後來乾脆將書包給揹去，將捕捉到的蝴蝶一一地夾入課本中，以致在學校上課時，翻開課本，呈現在眼前的，除了是沾染著蝴蝶粉末的書頁之外，還有許多捕蝶時的美好情景。

如今，捕蝶的童年已經離我好遠，河溝裏魚蝦滿滿的景象也不存在，許多美好的事物似乎只能在記憶中去尋找，但是埔里小鎮的蝴蝶還在，山城的環境

也沒有被糟蹋得很慘，因此只要人們願意，屬於童年捕蝶時的美好經歷，其實是有機會可以被延續的。

空地

屋後有一塊空地，雜草橫生恣長，一副荒廢被人遺棄的模樣。

很早以前，住家附近原本是一片遼闊的田野。國小的時候，我們的足跡曾遍及田野的每個角落，抓泥鰍、釣青蛙、烘甘蔗、烤蕃薯……在不甚富裕的童年裏，田野裏的一切，讓我們有著盈盈的歡悅和滿足，不過那樣的日子並不長久，國小還沒畢業，田野便有了重大的改變，因爲那段時間，我住的小鎭不斷地繁榮起來，以致市衢持續地向外擴張，因此和市街毗連的這片田野，便在都市發展的規畫下，一塊塊地成爲建地而蓋起一棟棟的屋樓來。那時候，看到這

種情形，在我們稚幼的心底，有種莫名的難過和不願，就好像心愛的彈珠和紙牌被老師給沒收一樣。

上了國中之後，我們家也和許多鄰居一樣，從一條狹窄的巷弄裏搬了出來，然後住進了構築在田野中的新屋樓，搬進新家之後我才發現，原本遼闊的田野早已築滿了房子，而唯一剩下的，就是屋後的這塊空地。

我記得很清楚，那塊空地原本是塊魚塭的，角落有間頹倒的寮舍是當時養豬的地方，那時候，人們習慣在魚塭旁養豬，然後藉著豬的排泄物來養魚。魚塭曾經十分風光而熱鬧，經常坐滿著釣魚的人們；當時，在田野間嬉玩之餘，我們常喜歡跑到魚塭旁去看大人們釣魚，然後在私底下幫他們做比賽，看誰釣的魚最多？而最厲害的人則會被我們當作是英雄般的崇拜，然後大夥就坐在他身旁，隨著他釣起的一隻隻的魚兒跟著吆喝叫好，彷彿釣起魚兒的不是別人，就是我們自己。

後來，當周遭的田野廢耕，重新規畫，接著紛紛蓋起一棟棟的屋樓時，剎那之間，看著陌生而且聳然的樓房從四周攏聚過來，魚塭就宛如是潮退來不及撤走的蝦蟹一般，顯得惶然而突兀，因此隨即不久也就被迫關閉了。洩掉池水、填上廢土，然後任由荒廢至今。

由於附近的房子都背對著魚塭而建，因此魚塭廢棄之後所形成的空地，便成了每戶住家屋後的一片荒蕪，任由野草橫生恣長，也任由附近的小孩在那裏嬉玩。

春夏之際，雨水充足，空地上的野草迅速而恣意地生長，很快地便把大片空地給盤據佔滿，甚至還有一些不知名的灌木，也悄悄地從草叢間冒了出來。這時候，偶而在空地上嬉玩的小孩不見了，取而代之的，是飛舞而過的蜂蝶和唧叫輕躍的蟲子，儘管景致荒涼，但卻也不失幾分的原始自然。沿著空地的邊緣有一條小水溝，豪雨之時，溝水往往會溢滿出來，然後在空地的角落形成一

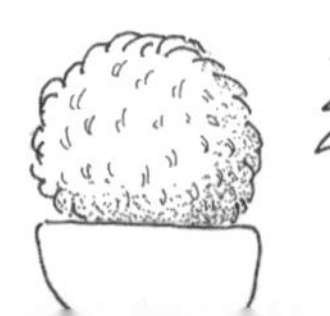

處水澤，因此在清寂的夜裏，除了蟲唧之外，也就有了喧天的蛙鳴。經常，躺在床上靜靜地聽著屋後那忽遠忽近、空曠壯闊的蛙鳴，我常會有一種錯覺，彷彿回到了過去，周遭就是遼闊的田野。

屋後的空地荒廢久了，附近的住家便顯得不安份，一開始是有人在自己屋後的空地上擺放雜物，隨即有人跟進，擺設一排鐵籠子，養起雞鴨之類的生禽來，後來有樣學樣，更多的人加入佔地的行列，甚至有人乾脆開疆闢土，弄個菜圃種起蔬果來，於是屋後原本長滿雜草的空地，陸陸續續出現了一些菜園、寮屋、垃圾堆以及停車場。

最近，有家建設公司看上了屋後這塊市區內僅存的空地，打算在這裏蓋公寓大樓。土地取得之後，當建設公司在空地的入口處搭起了招待中心，並且在附近的馬路邊插滿廣告旗幟時，一些原本佔據空地的住家們，便紛紛撤走在空地上的擺設和使用；不過仍有少數的人心存觀望，也許是心有不甘吧？一副水來土掩、兵來將擋的架式，似乎不到最後關頭不肯放棄，因此菜照樣種、車依舊停，看在建設公司的人的眼裏，想必也和過去空地的主人一樣，搖頭徒嘆吧！但不管如何？屋後的這塊空地，再不久將會完全消失，有關於童年時田野的僅存印象，也將宣告結束，而成爲回憶。

老房子的回憶

那是一間磚造的平房，就座落在市街南邊的一條巷道中，斑駁的牆面儘管已經有些龜裂，但是仍然呈現出堅固的模樣來，雖然歷經若干地震、颱風以及無情歲月的侵襲，但是那間老房子依舊是記憶中的模貌，似乎沒有絲毫的改變。

那是我小時候住過的房子，就在學校旁邊的巷子裏，因此每天早上送完孩子上學之後，偶而心血來潮，我便會繞經巷子去看看那間房子，就像去探望老朋友一樣。雖然已經搬離開那裡有數十年之久，但是屬於那間房子的記憶卻是十分清楚的，而且在周遭環境有著劇烈改變的當下，那間老房子的不變，似乎

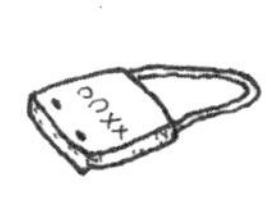

成爲一種可貴的堅持，一種不向歲月低頭的強硬。

房子旁，原本有一株高大的芒果樹，每當果實高掛在枝頭，不管它是酸是甜，我們便會爬上屋頂，然後墊著腳尖、伸長小手，明目張膽地摘下芒果，然後就坐在屋頂上迎著風大口啃咬，如今想起來，那可是愜意非常的享受呢。芒果樹下是一塊空地，那是做麵線的鄰家曬麵條的地方，因此在沒有陽光的晨昏，遂成爲我們遊戲的場所，玩彈珠、摑紙牌、跳房子、捉迷藏、踢罐子，儘管遊戲的內容不同，但是同樣的是歡然的笑聲，與如今難忘的回憶。

現在，那塊曬麵條的空地早已經蓋了房子而不見蹤影，不過在巷道對面的另一處空地倒是還在，長著雜草，成爲附近民眾停車的空間，那裏原本是一處水泥製品的工廠，堆積著許多大小不一的水泥管，因此曾經是我們玩捉迷藏的理想地點，甚至我們還曾經用樹枝草葉，在橫擺的大水泥管中佈置一處秘密基地，準備作爲離家出走時的棲身之所，如今想起來，不禁覺得幼稚可笑，因爲隔著一條水溝及一條巷子，便是自己的家，母親在廚房炒菜時所發出的鍋鏟聲，躲在水泥管中都可以清楚聽見，這樣也算離家出走？哈哈哈。

至於那條沿著巷道邊緣而流淌的小水溝，則是充滿最多記憶的地方，水溝的水來自巷口的一條灌溉水圳，轉開水閘門，清澈的水流便會嘩嘩作響，然後一路輕唱，最終則流入巷尾一大片的田疇當中。當時，水溝是清澈見底的，而且隨時可見大量的鯽魚及大肚魚悠游其中，因此拿著畚箕在溝中捕魚那是常有的事，有時候，在大熱天玩得汗水淋漓、口乾舌噪，我們懶得回家喝水，經常會直接就趴在溝岸上大口吸吮溝水，如今想起來，還覺得有點誇張呢。

除了可以捕魚，那條水溝也是巷道中婦女洗衣的地方，因此晨昏之際，大家會分別在自家門口的溝岸邊搗洗衣物，於是輕易地便洗出一路漂流的泡沫與熱鬧來，當時，我們也常喜歡折些紙船放在溝中，讓船隻隨著水流或平緩或激盪，然後往田野的方向流去，而最終總會因爲紙張的浸濕或是石頭、樹枝的牽

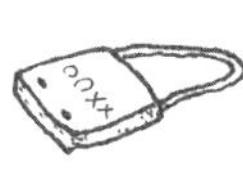

絆而沉沒，水溝終究不像水潭或是大海那般廣闊，處處險阻、處處危機，但是小時候想要乘風破浪的些許蠢動，或許就在那條小小的水溝中，藉由一艘艘的紙船而得到了某種釋放。

在那間老房子的前方，靠近水溝的地方，我記得母親曾經擺著一座寬而厚實的水泥管，並且在裏頭填滿泥土，然後在四周搭起棚架來，那是用來種植絲瓜的，於是每天早晚幫絲瓜澆水遂成爲我的功課之一，因此看著絲瓜的莖葉不斷地往上攀爬，然後在水溝及巷道的上方蔓延成一片綠意及蔭涼時，心中便會有一種小小的成就與喜悅，特別是在絲瓜可以收成的時候，吃著母親烹煮的絲瓜，滋味是特別的甜美，如今，我對絲瓜的特別偏好，應該與當年的經驗多少有關吧。

早年還沒有瓦斯可以用，因此家家戶戶都會準備一些木柴來當作燃料，那間老房子的左側是廚房，裏頭有水缸、米甕、碗櫥以及一個很大的灶，還有一

阿嬤

根通向屋頂的煙囪，而門外的簷下則是堆疊如牆的木柴，有一部份是撿自野外或校園裏的枯木，而大部份則是購自製材所的木材殘料，因此每隔一段時間，我就必須拉著推車到製材所去買木材，如今，在鎮上的幾處木材工廠都早已消失了，但是沒有消失的是我深刻的印象，包括製材廠的地點、內部的設備以及屬於木頭特有的味道，就跟那間老房子一樣，始終以一種特別的方式存在著，存在於日漸繁華的街市角落，也存在於我記憶的深處。

安靜的角落

小時候，在客廳的角落裏有一張藤椅，那是父親平時閒坐的地方，在午後或是黃昏，經常會看見父親靜靜地坐在藤椅上，然後默默地望著窗外的風景，讓身體躺成一種安靜的姿勢，也成爲風景的一部份吧，於是在晴朗的日子裏，從窗外斜射進來的夕陽便經常會灑在父親的身上，沐著夕暉的父親總是顯得平靜與祥和，在他的臉上我看不到疲憊或是憂愁，彷彿那張藤椅可以承受來自生活中諸多的艱苦，也可以包容所有的負擔。

後來，父親逝世了，而那張藤椅也因爲損壞而被丟棄，但是在我的記憶深處，始終還記得父親坐在客廳角落時的安詳神情，我相信，對父親而言，坐在

阿嬤

客廳的藤椅上然後不受干擾地張望窗外的風景時，是他一天中身心最為放鬆和愉悅的時刻，因此，那張藤椅無疑是他用來安頓身心的地方。

現代的人，生活總是習慣忙碌、總是習慣奔波，因此在現實的生活中，如何給自己找一個安靜的角落是有必要的，喝茶也好，聽音樂也罷，發發呆也不錯，只要能夠將生活中的煩憂與壓力暫時放下，那便是一處迷人的空間，就像洶湧的溪流總需要有一處深潭來撫平所有的激動。

在安靜的角落裏，有一張椅子最好，擺一盆植物更佳，有一面可以張望的窗戶則更棒，但是這樣的冀望，很多人想要擁有但是卻做不到。真的有那麼困難嗎？應該不會吧！只要我們願意，就算有千百種理由來牽絆，我們也應該可以克服才對，而且不是有人說：「願有多大，力量就有多大。」更何況，那樣的角落不見得一定要在現實的生活中存在著，在每個人的心裏，其實也可以保留一處那樣的空間。

父親已經逝世多年了，但是關於那張藤椅的諸多記憶卻仍然歷歷在目，也許，那是父親留給我的一份另類的禮物吧，輕輕地將禮盒打開，被妥善包在裏頭的是一種放鬆自己與安頓身心的提醒，於是透過回憶，我在自己的心裏似乎找到了一處隱密的空間，那是一個安靜的角落，也是一處沉澱心情的地方。

（文中的父親是指養父）

在操場上散步

秋天了，天氣不再那麼酷熱，早晚也開始有些涼意。下班之後，趁著陽光還在，到市街南邊的小學的操場去散步，那是令人愉快的一件事情，彷彿工作一天下來的疲憊都可以在那裡放下，都可以在那裡得到一種舒解。

那所小學其實是我的母校，對於學校內外的環境我是再熟悉也不過了，因爲老家就在操場圍牆外的馬路邊，目前，小弟在那裡開一間設計公司，而母親則和大哥住在後方的社區中，因此，在熟悉的操場上散步，讓我有一種可以全然放鬆的安全感。

脫去鞋子，我喜歡赤腳走在操場上，讓紅土跑道上的細小沙石在腳底刺

出一些細微的痛來，那是無關腳底按摩或健康強身的，我只是喜歡雙腳接觸土地的那種感覺，因為那是一種踏實，也是一種回味，一種屬於童年時才有的記憶。

小時候因為家貧，所以沒有鞋子穿是很正常的事，就算買了新鞋，也常常會因為捨不得穿，而將兩隻鞋的鞋帶綁在一起，然後掛在脖子上去上學，彷彿鞋子不是鞋子，它只是一種拿來炫耀的東西罷了，所以赤腳走路或在操場上奔跑，那是屬於童年時才有的清晰記憶；記得那時候，翻越圍牆，我便可以從家裏跳進操場中，跳進一個廣闊的遊戲空間裏，打陀螺、放風箏、玩彈珠、灌蟋蟀、打棒球，不一樣的遊戲，但是卻有著同樣的歡樂與笑聲，因此經常要玩到天色昏暗或者母親在圍牆外呼喚，才願意回家。因此，在操場上散步的時候，我經常會有一種錯覺，我彷彿聽見母親的呼喚聲，從老家的方向穿透日漸昏暗的暮色而來，於是赤著腳在操場上散步，除了讓沙石在腳底刺出一些細痛，也刺醒了許多童年的記憶。天黑了，是該回家吃飯了。

在操場上還有其他的人，或跑步或打球，因此在操場上繞著圈子慢慢散步的同時，持續地會有一些民眾從我身旁氣喘噓噓地跑步而過，望著他們不斷地跑遠，然後又不斷地超過我，讓我有一種被戲弄的感覺，但是我不敢邁步追趕，因爲一跑步，腳底的刺痛便會加劇讓人無法忍受，因此我只能慢慢地走，透過散步的方式去享受黃昏校園裏的寧靜與悠閒，也同時讓心情慢慢地去回味一些深埋在記憶深處的過往。

不停地走著，細微的刺痛也持續地從腳底傳上來，看著夕陽的餘暉慢慢地從天邊消失，眼前的景色也逐漸地暗下來，只剩下操場旁的球場上還有幾個模糊晃動的人影，以及偶而傳來幾聲打球吆喝的聲音，夜色已經佔據整座校園了，是該走了，穿起鞋子我離開操場，不經意地轉身回首中，我覺得自己似乎遺忘了些什麼東西在已經完全看不見的操場上，是一天的疲憊嗎？還是童年的

歲月？

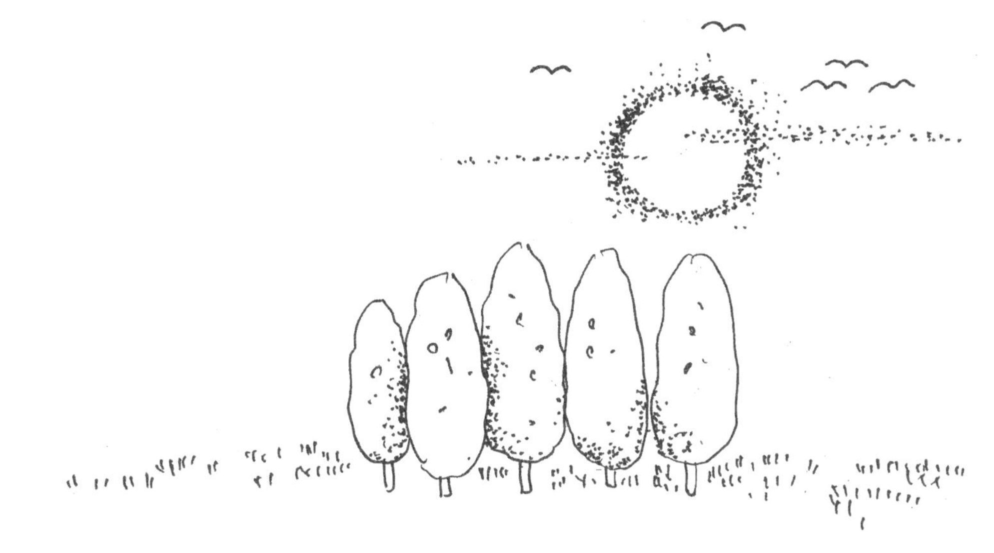

也算遊戲

住家南邊有一條溪流，被高高的堤防給呵護著，於是平時還不算湍急的水流，遂只能安份地在堤內潺潺地輕唱或是幾近乾涸，時常呈現出瘦弱無力的模樣來，但是溪床上的野草可就不一樣了，不但生機盎然，而且還強勢地攻城掠地，在溪床上恣意地蔓長出一大片的荒蕪來。

偶而到堤防上散步，望著清清淺淺的溪水在亂石間流淌，經常會讓自己興起到溪床上一訪的念頭，然而溪床與堤防的交接處，卻長著一大片比人還高的野草，甚至還爬上堤防來，於是形成一種拒絕，一種教人無法越雷池一步的阻隔，因此站在堤防上，我只能透過張望去進行某種不確實的探訪。

去年夏天，發生了幾次颱風豪雨，暴漲洶湧的溪水不但沖壞堤防，而且還將溪床上的野草沖刷得一乾二淨，於是水災過後，溪床上的景色完全變了樣，橫陳雜亂的巨石與漂流木成為新的惡勢力，粗暴地盤據在溪床上，顯得猙獰非常。不過，少了野草的阻隔，再到堤防上散步的時候，我們遂可以輕易地走下溪床，不用再遠遠地張望。

假日的傍晚，我們全家常喜歡到溪堤上散步，吹吹風、聽聽鳥，或者是看著夕陽將天邊渲染成一片的燦爛，那是一段悠閒而且幸福的時光。大水過後，溪床上的風景不再綠意自然，換成了張牙舞爪的亂石與斷木，不過卻也成為另一種誘人的風景，惹得人們想親臨一探，彷彿在石頭縫隙、在木頭底下，正躲縮著一些不為人知的驚奇，於是我們全家到溪堤上散步的時候，一定會進入溪床去尋覓一番，才願意離開。

是從妻子開始的，她在溪床上低頭撿石的同時，順手拾起一根漂流木往

鬆軟的灘地一插，遂種起一棵枯乾的樹木來，在了無綠意的溪床上竟讓人眼睛一亮，成爲一種有趣而且迷人的畫面，於是我們遂開始在亂石滿佈的溪床上種樹，將一根根漂流木豎立起來，或插在泥地裏，或用石頭堆砌固定，於是很快地，一棵棵高矮不一的枯木，遂在逐漸昏暗的溪床上聚集成爲意外的樹林。

孩子們甚至還用漂流木搭了一間很小的房子，就像狗屋一樣，雖然無法遮風避雨，但是從他們得意與燦爛的笑臉，我知道那是一種成就，一種來自遊戲般的喜悅，於是我們輪流蹲進低矮的房子裏，假裝自己是一隻高興的狗，嬉皮笑臉地讓相機留下這次也算遊戲的回憶。

埔里阿姑

彰化芳苑是母親的故鄉，那是一處海風不歇的漁村，年輕的時候，母親因爲染上頭疾，只要強勁的海風一吹便會頭痛欲裂，因此在藥石無效的情況下，外公只好將母親遠嫁到南投的深山來，「那裏沒有風，您的頭病就不會再犯。」外公是這樣告訴母親的，但是卻忘了要徵詢母親的意願。

偶而與母親閒聊，她經常會告訴我們許多過往的事情，當然也包括她當時嫁到南投深山的經過，母親是坐轎被人抬進山區的，母親笑著說：「我那時候就一直哭一直哭，現在眼睛不好，就是當時哭壞的。」其實不難想像母親當年的惶恐與無依，父親是住在山裏的客家人，一開始與母親語言不通，加上個性

木訥，而且結婚之前兩人從來就沒有見過面，因此父親根本就不知道如何去安慰傷心的母親，只能在一旁看著母親終日以淚洗面而不知所措。

然而日子總是要過，淚流多了，哀傷總會被沖淡，可是母親並沒有因此而變得快樂，因爲在交通不便的年代，母親嫁到南投內山之後，就幾乎與娘家沒有了往來，因此在生活中的任何委曲根本就沒有人可以訴苦，只能自己默默地往肚裏吞，所以外公的決定，顯然並沒有讓母親脫離難過。

在我的記憶中，童年時只跟母親回過芳苑一次，那是一個陰霾的冬天，我們母子倆從埔里山城搭乘客運車出發，經過好遠好遠的路途才抵達芳苑，一下車，強勁的海風便吹得我連退幾步，母親雙手提著要送給娘家親戚的物品，因此沒有手可以拉我一把，只好任由我與強風博鬥。抵達大舅的家，門前一口水井令我印象深刻，大家洗衣、洗菜甚至是刷牙洗臉都在井邊進行，於是輕易地便洗出一地的濕滑與一陣陣的嘩然。隔天上午，大舅駕著牛車，載著我與一群

小孩到田裏去拔花生，黃牛悠悠地跺腳而行，而我則在聚落與田野間留下許多好奇的張望，那是童年時很特別的一次經驗，於是，強風、水井與牛車，遂成爲我對於母親故鄉的主要印象。

後來，住在芳苑的親戚，在過年過節時，偶而會有人到山城來探望母親，於是從他們的交談中，我陸陸續續地得悉一些屬於母親娘家的故事，但是仍然是片斷而不完整的，就像我對彰化芳苑的印象一樣，始終覺得有些陌生。

幾年前，小舅打算要將外公的骨骸從墓地移往納骨塔，依照當地的習俗，出嫁的女兒要在移靈的過程中撐傘，於是小舅打電話給母親，詢問她是否能夠回芳苑一趟，而母親則問我有沒有空陪她回去，幾十年沒回娘家了，母親的表情似乎有點期待，於是我跟小舅聯絡，約定碰面的時間與地點，畢竟事隔多年，芳苑應該早就不是記憶中的模樣。

那是夏天的某個假日，陽光炙亮著，小舅騎著機車在芳苑省道公路的一處醒目的路口等我們，在他的帶引下，我將車子轉進一處寧靜的社區，幾經轉折，我們終於抵達已經完全變了樣的母親的娘家。

小舅家裏正熱鬧著，屋裏屋外都是人，但是除了小舅與大舅媽之外，其他人我都不認識，於是藉由小舅的逐一介紹，我才明白那都是母親娘家的親戚，其中有幾位年齡與我相仿的中年人知道母親的身份，表現得十分熱情，不斷地喊著「埔里阿姑」，並且說著：「埔里阿姑，您要時常回來啦，不然我們都不認識您。」另一人接著說：「對啊！只知道有一位阿姑嫁到埔里，從來就沒有見過面。」一時之間，母親似乎記起了些什麼，於是親切地問著：「您是某某人的兒子嗎？」或者問：「某某人還好嗎？」原來，母親與芳苑並沒有因爲時間和距離的阻隔而斷絕，許多東西仍然被妥善地保存在母親記憶的底層。

小舅的住家旁有一間只剩下一半的老房子，瓦破牆倒，連遮風避雨都不行，因此荒廢成一種頹敗的樣貌；經過詢問才知道，原來那就是以前的祖厝，

然而，屋前的那口井卻已經不存在了，因此眼前的景象實在很難跟記憶中的畫面連結在一起，不過在小舅所居住的社區裏，我竟然還發現有黃牛與牛車的蹤跡，讓人驚喜不已；儘管芳苑有省道公路直接穿過，附近的王功也早已成爲觀光據點，因此在假日，當地是車水馬龍、人潮洶湧的景象，芳苑早已不是我印象中的模樣，不過我知道，有某些東西並沒有消失，只是躲縮在被人們日漸疏遠的角落裏。

時辰一到，大夥遂起身前往附近的鄉立納骨塔，準備進行外公骨灰的進塔事宜。在儀式進行中，我心裏想著，外公如果知道母親有回來爲他撐傘送行，在九泉之下應該會感到高興吧，畢竟父女一場，那是任誰也無法割捨的親情，就如同母親與芳苑一樣，儘管隔著一段距離與時間，但是芳苑始終是母親不會遺忘的故鄉。

刺竹還在

童年時，在住家附近有一條野溪，溪旁長著一叢又一叢高大的刺竹，風一吹來便會發出「伊歪——伊歪」竹幹磨擦的聲音。刺竹下方的溪水終年清澈，而綠蔭處則擺著一枚枚的方石，那是附近婦女洗衣的地方。當年，我偶而也會跟著母親到野溪處洗衣，除了洗滌自己的衣物外，也會不經意地洗出那些洗衣婦人的不斷稱讚；「真是懂事的孩子」，「男孩子也會幫忙洗衣服，真是不簡單喔。」

當時，我應該是紅著臉，要不然就是低著頭，一臉彆扭的模樣，然而看見母親臉上綻著得意的笑容，我的害羞和不自在也就顯得無關緊要了，而且，隨著陪母親前去洗衣的次數增多，那些婦人對於我的洗衣行為也就慢慢地習以為常，就像那些高大的刺竹一樣，總是習慣山風在午後帶來一陣陣的舒涼。

國中畢業之後，我到外地去求學，接著服兵役、工作，對於家鄉的事物自然慢慢地疏於關注，於是屬於童年時的刺竹、溪水與洗衣，便緩緩地沉入記憶的深處，甚至隱而不見。後來，歲月如流水般慢慢地潺流，我終究還是回到家鄉定居，於是屬於童年時的若干記憶，遂在生活中許多不經意的張望裏慢慢地甦醒過來，原來很多東西並沒有消失，只是被妥善地保存在某個角落罷了。

那是一個陽光清麗的午後，母親要我幫她將一堆紙板載往住家南邊的慈濟回收站，回收站裏有幾位跟母親熟識的老婦人，她們都是慈濟的志工，只要有空便會主動到回收站去幫忙，或拆卸零件、或綑綁打包、或物品分類，大家總是認真而且安靜地做著各種工作。將紙板卸下之後，其中一名老婦人走過來遞給我一杯水，並且親切地對我說聲：「感恩」，看著她臉上綻放的笑容，讓人

倍感溫馨，不過就在此時，我卻同時望見她身後有一抹翠綠，順勢張望，原來那是一叢刺竹，就躲在不遠處一排透天厝的後方，與遼闊的田野相鄰著。

一時之間，深埋在記憶中的某些東西似乎活了過來，那叢刺竹是屬於童年時的風景吧，沒想到事隔多年它仍然還在；要不是幫母親送紙板，要不是那名老婦遞給我一杯水，平時從馬路上經過，我是不容易發現那叢刺竹的，於是一些久遠的回憶突然之間清晰了起來，童年時的野溪如今成了一條大排水溝，而溪岸的刺竹早已經消失，原本長著刺竹的地方，現今成爲民眾晨昏散步的岸堤道路以及若干住宅，那叢躲在透天厝屋後的刺竹，是當時溪邊竹叢的一部份，由於離溪較遠，於是意外地被保留下來。

是的，就是因爲那叢殘留的刺竹，讓我想起了一些屬於童年時的過往來，當年，跟著母親到溪邊去洗衣的情景彷彿昨日，而當年因爲婦人的讚美所產生的害羞與彆扭，如今經過一段歲月的漂洗之後，早已不再敏感，就像那叢透天厝後方的刺竹一樣，總是顯得低調而且自然。

停電的夜晚

春天的某個夜晚，原本就下著細雨，突然間，卻風強雨急起來，而且還伴隨著雷鳴，人在屋內，仍然能夠感受到劇烈天候所帶來的震撼，驟然！一道閃電破空而來，緊接著一聲轟然巨響，隨即，整個社區便陷入漆黑之中。

停電了，才晚上八點多，上床睡覺嫌太早，何況孩子的作業還沒寫好，因此取下緊急照明燈擺在書桌旁，讓孩子們可以繼續寫功課。除了緊急照明燈，我還點上兩盞蠟燭，企圖讓家裏明亮些，但是儘管如此，房子的角落依舊幽暗著，加上屋外狂風暴雨、雷聲不歇，頗有幾分恐怖電影中的情景與氣氛，擔心孩子們害怕，因此我與妻子就坐在一旁陪著他們寫作業。

阿嬤

看著孩子們藉著不甚明亮的燈光努力地寫功課，我忽然想起童年時的往事來，同樣的雨夜、同樣的濕冷，在那貧困的年代裏，入夜以後，全家人總會聚在客廳裏，就著一盞昏黃的電燈，或工作或看書，而母親總是在一旁安靜地幫我們縫補衣褲，那時候沒有電視、沒有音響，也沒有電腦可玩，因此入夜以後，除非是必要的工作，否則早早就得上床睡覺，生活是有些枯燥乏味的，然而如今回想起來，卻有一種清楚的家的感覺，只要全家人能夠聚在一起，我想，那就是一種幸福吧。

我記得很清楚，那時候只要遇上濕雨綿綿的日子，母親便會在客廳燒一爐炭火，然後在炭爐上倒蓋一只竹編的籮筐，籮筐上則披著因爲沒有陽光而曬不乾的衣物，於是夜晚的客廳，除了昏黃的燈光外，還有一爐溫熱的炭火，以及從衣物蒸漫而出的氤氳熱氣，空氣中因而瀰漫著洗衣粉淡淡的香味，那是一種讓人舒服與溫暖的氣息。

停電的夜晚，陪孩子寫功課的同時，想泡杯熱茶來喝，但是飲水機沒電，水溫不足，電磁爐也無法使用，因此只好使用用瓦斯爐來燒一壺熱水；習慣有電的生活，突然停電，確實讓人覺得有些不方便，但是回想起童年時的日子，我忽然覺得，童年時生活中的諸多貧困與乏味，在經過一段時間的蘊釀之後，其實也可以有香甜動人的滋味，因此，偶而停電也不算壞事吧，至少可以讓我們全家聚在一起，在不甚明亮的燈光下或喝茶或寫功課，共同品嚐屬於家的一份溫馨。

歡喜，回收

母親已經七十幾歲了，但是在鎮上的街巷裏，我經常會看見母親在路邊低頭撿拾紙板，或者是騎著機車，後座載著一大堆的回收物品，這讓我有些慚愧甚至是不忍，但是我們幾個兄弟姐妹卻都沒有去反對或阻止，因為我們都知道，那是母親生活中主要的歡喜來源。

母親一直是勞碌的，儘管年歲已經不小了，但是她卻始終閒不下來，除了操煩家事與子女之外，有一段時日，她還常常會到廟寺裏去幫忙打掃，或者是四處參加打佛七的活動，要不然就是參與助唸團到處幫人頌經唸佛，生活過得十分充實。幾年前，在老家南邊約三百公尺的地方，設立了一處屬於慈濟的資

源回收站，母親這時又搖身一變成爲慈濟的環保義工，到鎮上的各個角落去撿拾可以回收的物品，然後送到回收站去。

時日一久，街坊鄰居都知道母親在幫慈濟做回收的工作，因此只要他們家中一有紙箱、舊衣物或者是瓶瓶罐罐等可以回收再利用的物品，便會送到家裏來，或者是直接擺放在老家的門口，因此，母親每天都有事情可以做，不是到街市裏去撿拾紙板，便是將那些鄰居送來的物品分類妥當，然後綁在機車的後座，接著送到回收站去。有一陣子，母親身體微恙，我們不允許她出門去撿紙板，也不答應她騎著機車到處亂跑，但是鄰居們將回收品送來家裏的動作並沒有停歇，我們又不好意思拒絕鄰居們的好意，因此那段時日，害得大哥每天都得抽空將那些物品送到回收站。

其實，母親對於所謂的「環保」她是不懂的，她根本就不知道什麼是溫室效應？也不清楚二氧化碳是什麼東西？但是她知道，慈濟是在做善事的單位，

所以在她單純的觀念中，幫忙慈濟就等於是在做善事，因此我們都相信，母親在做資源回收的時候，內心一定是充滿歡喜的，就如同她到廟寺去幫忙或者是參加助唸團一樣，那是難得的行善機會與福報吧！至於「做環保可以愛地球」的那種想法，對她來說應該是完全不存在的。

喜歡，畫畫

每隔一段時間，我便會舉辦一場畫展，從民國八十五年開始至今，我已經辦過十幾場的水墨個展了，因此畫畫當然也就成爲我生活中的一部份，但是說來慚愧，我至今仍然還在摸索與學習的階段，因此爲了減輕所謂畫家所帶來的壓力，也爲了表明自己對繪畫的態度，我請人幫我刻了一枚閒章，上頭有四個字「只是喜歡」。

我從小就喜歡塗鴉畫畫，但是在求學的過程中，美術似乎一直與我保持距離，因爲在升學第一的壓力下，美術課常常會被拿來考試或者上其他的課，因此在我的印象中，似乎沒有真正上過美術課呢，連帶的，對於美術老

阿嬷

師的印象也就有些模糊，真是對不起老師啊；但是，喜歡畫畫的因子並沒有因此而被抹滅，就像與生俱來一般，最終還是成爲我生活中的一部份。

是遺傳嗎？我不知道，不過可以確定的是，我的父母親並不會畫圖，或者應該說，他們都沒有畫過圖，因此用遺傳來解釋我對畫畫的喜歡，那似乎是有點牽強的，不過我卻經常會被朋友問到一個跟遺傳有關的問題，那就是：「你的子女也喜歡畫圖嗎？你有教他們畫圖嗎？」事實上，我沒有教孩子們畫畫，也不覺得有此必要，因爲孩子們如果自己喜歡畫圖，他們自然會去嘗試，用大人的方式或想法來教孩子畫畫，我覺得有點多餘，甚至還認爲可能會限制他們應有的想像和發展。

記得女兒還很小的時候，她常常會安靜地坐在書桌旁看我畫圖，或者是拿一張紙跟著塗鴉；有一回夜裏，我在畫一張古厝的寫實工筆畫，畫到一半便擱著去就寢，打算隔天再繼續努力，不料翌日下班回來，我卻發現那張圖被人動了手腳，因爲尚未描繪的部份已經塗滿了顏色及線條，顯得不倫不類，驚然發現之時，我應該是生氣的，但是當我知道是女兒的傑作，所有的懊惱與不悅就自然煙消雲散，因爲女兒只是單純地想要幫我，於是將我未完成的部份塗上色彩，雖然讓我的心血白費，但是那份乖巧與懂事，讓我重新再畫幾張也值得。

如今女兒已經讀高中了，她仍然喜歡畫畫，是不是遺傳？我也不知道，但是我可以肯定一件事，那就是給她什麼樣的環境，她就會變成跟那種環境相關的個性或特質來，就好比種樹一樣，把一棵榕樹種在小陶盆裏，它是永遠也不可能長成大樹的，因此從小看我畫畫，家裏擺滿各種作品，孩子們也喜歡畫圖我一點都不意外，是耳濡目染？是潛移默化？還是模仿所致？也許都有吧。

因爲喜歡，所以我讓畫畫成爲生活中的一部份，於是在我的生活中，自然會有一些藝術的氛圍存在，而這樣的環境與氣氛，讓孩子們也喜歡上畫畫，那是一種再自然不過的事了，不是嗎？

達摩觀世音土肉桂

讀國小的兒子放學回來，拿一張學校的通知單要我簽名，原來是某公司爲了響應環保？打算邀請學校的小朋友去參加植樹活動，名額有限，除了種樹之外，該公司還會招待他們到某休閒農場去參觀，而且是完全免費的，雖然明知這可能是企業某種抵稅的手法，我並不喜歡，但是看著孩子一臉期待能夠參加的表情，我當然不能反對，也似乎沒有阻止的理由，於是簽了名讓他去參加。

孩子植樹回來，興高采烈地告訴我們整個活動的過程，儘管內容不是很精彩，但是能夠坐遊覽車到外地去走走，對一個才國小的孩子來說，其實就已經算是一種令他們高興和滿足的另類的「旅行」了。

土肉桂

孩子說：「我今天種了兩棵樹喔，一棵是穗花棋盤腳，另一棵是土肉桂。」

我聽了之後，有點不認同地告訴他，穗花棋盤腳是海邊的樹種，種在山裏可能不太恰當喔！對了，你們種完樹之後有澆水嗎？以後誰要幫你們照顧那些樹？……

「對了，老師還分給我們一面牌子，要我們幫樹木取名字。」孩子繼續說著，顯然對於我的疑慮是不感到興趣的。

於是我問他：「那你幫那兩棵樹取什麼名字？」

孩子答：「穗花棋盤腳我取名爲許願樹，而另一棵我叫它達摩觀世音土肉桂。」

「什麼？達摩觀世音土肉桂？你爲什麼取這種名字？」我吃驚地問著。

孩子答：「因爲我們在種樹的時候，我抬頭看見山上有一間廟，所以我就

想到達摩跟觀世音了啊。」

　　看著孩子天真的表情，我知道，向他解釋達摩跟觀世音有何不同是多餘的，因爲在孩子的世界裏，他們顯然自有一套思考的邏輯存在，那是大人們所無法理解的，因此在很多時候，向孩子學習顯然也是一種必要的功課。也許？那棵土肉桂有達摩跟觀世音的雙重庇佑，會長得更好也說不定。

顧家

女兒剛上小學的時候，我們家養了一條狗，當時是因爲女兒很怕小動物，養一條狗除了可以看門之外，還可以讓孩子們學習如何與小動物相處，正巧，那時候朋友阿濤家的母狗生了幾隻小狗，想要送人，於是我跟他要了一隻回來，那是一隻博美與吉娃娃混種的小型公犬，毛色棕白相間，形貌相當討人喜歡。

女兒幫它取名爲「顧家」，意思當然就是希望它能夠幫我們看門顧家囉，第一次上動物醫院幫它打預防針時要塡寫資料，獸醫問：「它叫什麼名字？」女兒答：「顧家」，獸醫有些疑惑？以爲聽錯了，於是又問了一次：「狗狗叫

阿嬤

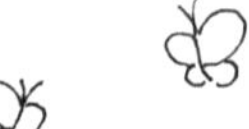

什麼名字？」女兒大聲說：「顧家」，獸醫聽清楚之後笑了，我們也跟著笑，而且笑得很尷尬，因爲「顧家」這個名字實在是俗氣又可愛。

在庭院裏蓋間狗屋，讓顧家有一個可以遮風避雨的空間，儘管庭院不大，但是活蹦亂跳還是可以的；顧家雖然是小型犬，但是叫聲卻十分響亮，而且架勢十足，只要有陌生人一走近門口，它便會狂吠不止，雖然我們都知道它只是虛張聲勢而已，但是嚇阻的功能卻是十分明顯的。特別是送信的郵差、送瓦斯的工人以及垃圾車的聲音，顧家的反應更是激烈，會以一種幾近歇斯底里的動作狂叫著，我們也不知道爲何會如此？但是仔細聽，我們還是可以從它的吠聲中分辨出恐懼、生氣或者興奮的情緒來，我覺得，那應該就是狗與主人之間才明白的暗號或溝通吧。

雖然有一個小庭院可以讓它活動筋骨，但是顧家顯然不喜歡被關的感覺，因此每天下班回到家，當大門一打開，它便會以跑百米的速度衝出去，然後在巷弄裏狂奔起來，接著才帶著一臉快樂與滿足的表情回來；但是有一段時間，它只要跑出去就不想回家，害得我們經常要出門去找狗。在社區裏，當我們大聲呼喚與吆喝時，顧家便會從其他的巷弄或角落裏冒出來，然後低著頭、垂著尾，一副無辜可憐的模樣，像極了做錯事的孩子，但是隔天當我們下班回到家，門一打開它又跑得無影無蹤，真是糟糕透了，屢次告誡無效之後，只好加以處罰，我們處罰顧家的方式很特別，首先是叫它趴下，然後將掃把柄放在脖頸處，喝令它不準動，如果我們沒有主動將掃把拿起來，顧家會一直趴下去的，完完全全不敢動，聽話的很，彷彿那根掃把有千萬斤重一樣，壓得它動彈不得，因此，別人做錯事是面壁懺悔，我們家的小狗則是趴地思過。

顧家是長毛狗，儘管定期幫它洗澡，但是身上始終會發現一些壁蝨等蟲子，讓我們困擾不已，爲了想澈底幫它根治，在天氣逐漸轉熱的初夏，我們將它帶到寵物店去除毛，寵物店的老闆娘問：「完全不留嗎？」我肯定地答：

「對，一根都不留，因爲要幫它除蟲。」在剃毛之前，我們有想到，顧家的模樣可能會有很大的改變，因此先幫它拍幾張相片，等剃完毛後再幫它照一次，作爲對照與紀念，不料！沒有毛的顧家讓我們都大吃一驚，接著是哄堂大笑，顧家似乎也知道我們在笑它，低著頭，一副沒臉見人的模樣，「好可憐喔！」女兒替顧家感到委屈，但是一轉身，她笑得比我們都還大聲。

八年了，顧家已經養八年了，如果換算成人類的壽命，它其實已經將近五十歲了，比我的年紀還大，但是我們始終都把它當作小弟弟一樣看待，因爲它的年資最淺、體積最小，十足小弟弟的模樣，所以也只有聽話的份了。有時候，孩子們會喚它「潘顧家」讓它冠上我們家的姓，彷彿這樣，顧家與我們的關係就更加緊密了，於是接下來，妻子和孩子們遂進一步討論，我們是否也要跟著改名，於是爲了配合顧家，女兒叫做「顧錢」，兒子叫「顧車」，而妻子則是「顧鑽石」。「我呢，我要顧什麼？」在一旁沒有參與討論的我問著，

「你叫『顧人怨』好了」妻子戲謔地回答，惹得孩子們在一旁哈哈大笑，真是的，什麼顧人怨，一點都不好聽，我抗議著：「我要叫做顧全家或者是顧三餐啦。」哈哈哈，男人有時候也會很哀怨的，就像被剃毛的顧家一樣。

芒果初萌

女兒就讀的學校後門，種著幾棵芒果樹，盛夏時分，芒果樹上結果累累，但是並沒有人去採收，於是任由果實掉落一地，有的落入樹下的草叢裏隱而不見，有的則掉在鋪著柏油的馬路上，任由車輛碾過或是自然腐敗而爆裂，因而使得空氣中瀰漫著一股濃郁的果香。

對我而言，芒果是一種充滿回憶的果實；因爲小時候，住家旁就有一株高大的芒果樹，每年花開之後，一枚枚小小的果實便會出現在枝頭間，然後露著鮮翠誘人的色澤，等果實再大一些，嘴饞的我們便會迫不及待地拿長長的竹竿去敲打，甚至是爬到屋頂上去摘取，因此，芒果的滋味我是最清楚不過了。

阿嬤

後來，在服兵役期間，位於南台灣的營區裏竟然遍植芒果樹，除了土芒果之外，還有果實碩大甜美的香蕉芒及蘋果芒等品種，因此，等芒果的季節一到，我與連上的弟兄們便會主動去採收，然後存放在庫房裏的木箱裏，接著慢慢地享用，數量之多，可以讓我們吃上好久，甚至吃到肚子痛都無所謂，在艱難辛苦的軍旅歲月中，那實在是一段十分美好而且令人懷念的時光呢。

因此，知道女兒所就讀的學校後門有芒果樹，自然引起我的關注，於是我後來發現，那些掉在樹下草地上的芒果，經過一段時日的自然腐敗之後，竟然紛紛地萌出新株來，初萌的芒果幼苗，葉片頗為碩大，一點也不懂得低調謙虛，竟然大大方方地展現出暗紅色澤的新葉來，因此不必費心尋找，輕易地便可以在草叢間發現植物新生的驚喜。

其中有幾株新苗，甚至還托著長橢圓如貝類般的種殼，形態宛如冰棒一般，或者像英文字的P，令人覺得十分有趣，但是那些種殼，很快地便會脫落，然後換成嫩葉伸展的局面，呈現出生機勃勃的的態勢來，然而儘管芒果樹下有不少初萌的新苗，但是卻始終不見小樹長成，是母樹遮蔽了陽光？還是定期割草將小苗給鏟除？恐怕應該都有吧，看來沒有脫離母樹的庇蔭，小芒果樹就算再怎麼努力，要想爭取到自己的天空是一點機會也沒有。

溪床上的菜田

朋友阿浩家的對面有一塊空地，約有二分大，不知道是什麼原因？地主一直讓它荒廢著，長著雜草與灌木，由於缺乏人爲的關照，使得風雨陽光可以隨意來去，也使得飛鳥蜂蝶可以恣意停歇，在屋樓滿佈的市街邊緣，意外地經營出一片自然的野趣來。

空地荒久了，附近的住家便開始顯得不安份，首先是有人在空地的角落整理出一小塊的菜圃來，接著種下菜苗，而這時候地主似乎沒有發現？或者是根本就不在乎吧？於是菜園的面積偷偷地持續加大，這種情形看在其他人的眼裏，那塊空地儼然成爲一種可以爭奪的地盤般，於是有更多人也加入墾荒闢田

阿嬤

的隊伍，很快地，那塊空地遂成爲一片缺乏野趣的綠油油的風景，而在這樣的改變中，我們看見一種人性的貪婪與勤奮，那是一種悲哀的荒謬吧。

其實，台灣人的勤奮與貪婪是處處可見的，特別是在溪床上。在我住的山城小鎮裏，每當夏天雨季過後，原本洶湧的溪水便會開始趨緩，甚至轉爲瘦弱而沒有威脅性，而在這時候，廣闊的溪床上便會出現一畦一畦的田地來，種植著各種蔬菜，甚至還有如工寮般簡陋的建築物出現，於是原本應該佈滿卵石或野草蔓生的溪床，成爲人們辛勤耕耘與期待收穫的地方。

這樣的行爲當然是不妥的，但是卻不見相關單位出面來解決，可能是故意放水，也可能是懶得處理吧，畢竟會在溪床上開疆闢土的人，通常都是一些經濟狀況比較不好的民眾，與溪水爭地，無非是想求得一份單薄而且暫時的額外收入罷了，因爲等明年雨季再來，那些用雙手拼出來的田地可能就會隨著洶湧的溪水而淹沒或是流走，於是在這樣的情況下，那種低微的貪婪似乎成了一種值得同情的作為，甚至是一種勤奮。

冬天的溪床上，柔順的溪水淙淙地流著，完全不理會一旁生機盎然的菜園，就如同相關單位的視而不見一樣，也許，沒有作為也是一種作為吧，等時機成熟，等大水一來，所有的問題自然就會解決？

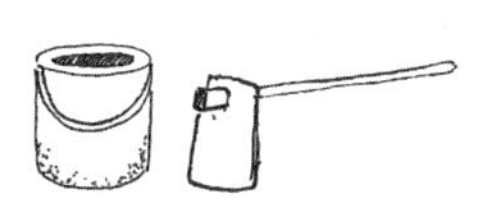

街角的菜園

在市街南邊的一處十字路口，有一塊菜園，面積約有兩分大，種著各種蔬菜，因而呈現出深淺不一的新鮮的綠色來，在屋樓包圍與人車喧鬧的路口，顯得十分突兀。

那處菜園就在上班的途中，因此每天早上，我總會隔著車窗瞥見那片鮮翠的菜色，有時候是匆忙而過，有時候正巧遇上紅燈，於是在短暫等待的過程中，我遂可以比較仔細地去觀察，觀察不同蔬菜的表情，也觀察一對老夫婦在菜圃間耕種的身影。

菜園在靠近馬路邊的角落有一堆稻穀，那是用來攪拌泥土充當肥料使用的

阿嬤

吧，清晨路過的時候，經常會發現一群麻雀在那裡戲耍，用嘴也用腳，在稻殼堆裏翻攪撥弄，企圖要尋求裏頭殘留的米粒，於是惹得稻殼四散飛濺，那模樣就像一群在水中潑水戲耍的孩童般，顯得頑皮非常。

菜園其實也不完全都是鮮綠的，有時候，會因爲某些蔬菜採收完畢，而新的菜苗又還沒長大，於是在青黃不接的空檔，菜園便會呈現出泥土的顏色來，或土黃或黑褐。菜園的另一邊，靠近樓房的地方有兩個小水塘，那是早期用來蓄水以便灌溉之用的，雖然菜園裏已經裝設自動噴灌系統，只要開關一開，菜園裏一排一排的水管便會自動噴水，水塘已經不需要了，但是菜園的主人並沒有將它填平，仍然讓它蓄著水，於是映著天光與風景的水塘，就像兩枚眼睛一樣，靜靜地看著過往的人車以及屬於菜園的恬靜歲月。

菜園的主人是一對老夫婦，年歲頗大了，但是他們的精神就像他們種的蔬菜一樣充滿活力；每天路過，總是能夠看見他們不是忙著施肥就是屈蹲在地上拔菜，在人車喧嚷的馬路邊，安份而且知足地守著那片土地，也守著一種看不見的傳統與堅持吧；他們不畏屋樓的節節逼進，也不畏人車的持續干擾，在熱鬧的市街路口，堅持著一片翠綠的存在，像極了寧願戰死也絕不投降的守城兵將，那是一種對自我的負責，也是一種對外在環境的頑強抵抗吧。

野溪浣衣

市街的南邊有一條野溪，每年颱風季節來臨時，野溪常常會因爲豪雨而暴漲，嚴重威脅兩岸居民的安全，於是後來，相關單位遂將野溪挖深拓寬，堆築起高高的堤岸來，並且在岸邊種上一排樹木，可能是水份充足的關係吧，岸上的樹木生長良好而且迅速，才幾年的光景，便長成一排的茂盛與綠蔭，使得堤岸下方的水流，也因爲映著樹木的綠意而嬌柔許多。

在這之前，野溪還沒築起高高的堤岸時，常常會有婦女在野溪的淺灘處洗衣，而住在附近的孩童則在一旁戲水或捕魚，於是淙淙的溪水輕易地便能湧起譁然的笑聲來；那時候，野溪是清澈而且易於親近的，但是，當高高的堤岸

築起來之後，雖然阻止了可能暴漲氾濫的溪水，但是卻也同時阻止了人們對水流的親近。不過沒關係，人們總是會有辦法的，過沒多久，溪堤的內側果然就掛起一道道的鐵梯來，讓婦女可以繼續前往溪底洗衣，也讓孩童們可以繼續在野溪裏戲水，然而受到水氣長期的侵蝕，鐵梯很快地就會因爲生銹而顯得不牢靠，走在上面搖搖晃晃，於是爲了安全，人們乾脆拆掉鐵梯，用鋼筋水泥在堤岸內側築起一道道的石階，而且還加裝了不鏽鋼的護欄，讓前往溪底的婦女與小孩可以安全地親近水流，因而在潺潺的野溪裏又有了譁然的笑聲。

人們用石塊與沙包在溪底圈圍起一池一池的水澈，並且擺上幾枚方石，於是晨昏之際遂有婦女洗衣的身影，而鄰里間的消息也在彎腰搓洗之際，像肥皂的泡沫般不斷地擴散湧動。從溪堤上經過，只要看見路邊停著幾部機車或者腳踏車，就可以知道溪底有人正在洗衣或者戲水，於是慢慢地，當地的野溪成爲一種另類的集會所，晨昏時間一到，聚集的洗衣婦人遂成爲溪底最熱鬧與鮮明的風景。

中午時分，陽光炙熱著，沒有人在溪底洗衣，於是那幾窪清澈平靜的洗衣池就像鏡子般，映著上方的天空，湛藍明亮著，而長著水草的野溪則在一旁不停地流動，顯得忙碌非常，因此與洗衣池形成十分有趣的對比。安靜的洗衣池其實並不孤單，大肚魚會悄悄地從缺口滑進來，小螃蟹則偷偷地爬上池岸，還有豆娘也趕來停歇，而更多的則是譁然的水聲和涼涼的風，原來，沒有人的洗衣池依舊野趣盎然著，就像一旁長著雜草的淺灘一樣。

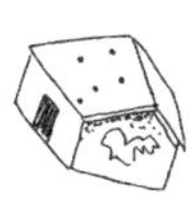

做大水

我住在市鎮的北邊，在住家的南側有一條溪流，相距不到兩百公尺，因此每當有颱風來襲或是傾盆大雨時，住在市街的母親便會來電要我們留意溪水的情況，甚至偶爾還會要求我們乾脆回老家暫度一晚。

母親之所以會對豪雨所造成的溪水暴漲那麼敏感，那是因爲她曾經被大水給嚇過。民國四十八年發生八七水災時，母親剛剛從彰化芳苑嫁到南投內山才沒幾年，對於山區的生活還在適應當中，根本就不知道什麼是山洪暴發？因此發生八七水災的那天晚上，在滂沱的大雨中，除了雨聲譁然，在漆黑的溪谷裏還傳來水流滾滾與轟然的巨響，驚人的聲勢嚇得母親慌張地跟著父親及其他家

人往高處逃竄，經過一夜的驚悚與無措，等天色稍亮、等回過神來，母親與父親想要回家搶救衣物及其他財產時，才發現山腳下的房子早已經消失無蹤了。

母親每次跟我們描述八七水災時的情景，表情總是有些激動，顯然當時所受到的驚嚇的陰影還在，因此每當有颱風來襲或是豪雨傾盆，母親便會自然而然地想起當年跑給大水追的景況，於是連帶的也關心起住在離溪流不遠的我們。其實，我所居住的社區早年確實曾經淹過大水，然而那時候還沒有堤防，所以只要溪水暴漲便會漫流而出，但是後來溪堤做了，就再也沒有發生過淹水的情形，但是為了讓母親安心，我總會順著她的意，答應她會注意安全。

母親剛剛嫁給父親的時候，一開始是住在魚池鄉共和村的山腳下，隔著一條溪流與對岸的學校及店仔（雜貨店）遙遙相望，當初在溪流上有幾道簡易的竹管橋，在枯水期間往返通行是沒有問題的，但是一旦雨季來臨，竹管橋便經常會被水流給沖走，於是涉溪而過便成了生活中一種無可奈何的選擇。母親曾經告訴我們，她有好幾次被溪水沖走的經驗，幸好都有驚無險，最終是在下游處的淺灘爬上岸來，因此對於溪水的恐懼，除了八七水災的巨大陰影之外，在現實生活中與溪水的多次博命周旋，應該也是母親對於溪水會擔心受怕的原因之一吧。

雖然事過境遷已久，但是只要豪雨不停、只要溪裏做大水，母親的情緒還是會受到影響，於是對我們的擔慮也就跟著油然而生；其實我心裏很清楚，母親早年因爲被大水給嚇過，對於豪雨的掛慮自然比別人多一些，但是在擔心溪水會暴漲的同時，其實她更擔心的，是我們這些子女的安危，於是藉由可能會做大水這樣的理由來關心我們，那是爲人父母對子女永遠都放不下的包袱吧。

柴堆

在瓦斯還不普及的五〇年代，燃燒柴火來煮水燒飯是很普遍的事情，家家戶戶幾乎都是如此，因此，在庭院的屋簷下方堆疊一牆柴木，便成為一種必要的準備，就像在庭院旁養雞種菜或者是過年時貼門聯一樣，是生活中很平常的一種風景。

小時候，父母親在街市裏販賣早點維生，每天天色未亮，就必須起床來磨煮豆漿、米漿及杏仁茶等等，因此家中柴木的需求量往往比別人來得多，所以光靠撿拾一些倒木及廢料是不夠的，因此每隔一段時間，我就必須拖著推車到製材所去購買柴木，而那時候，在住家附近有兩間木材工廠，廠方會將鋸剩的

春

廢料切成一樣的長度，然後捆綁成束，作爲一般家庭的柴火之用。

當時我才剛剛升上國中，但是生活的貧困讓我早早就必須面對生活中的諸多現實，因此當大姐及大哥國中畢業都到外地去當學徒之後，我遂成爲父母親主要的幫手，所以到製材所去購買柴木自然成爲我的工作之一。

當年，在購買柴木的過程中，我會特別去留意有沒有平直適合削成木劍的材料，如果有的話，我會預先抽出來藏好，然後日後再從廚房拿出菜刀來削劍，那是當年我與弟弟們相互遊戲砍殺的武器之一，所以到製材所購買柴木對我而言其實一點也不辛苦，而且還樂意之至呢。

買回來的柴木就堆在廚房外的屋簷下方，以方便取用；那時候，傍晚從學校放學回來，第一件事就是到廚房用大灶燒一大鼎的開水，那是全家人晚上要盥洗用的，但是那時候沒有火種，我必須使用柴捲或是木屑來點火，接著將木柴交錯架在火苗的上方，有時木柴受潮不易起火，還得用竹管吹風來助燃。

阿嬤

在寒冷的冬天，我最喜歡窩在廚房裏幫母親升火燒柴，灶裏閃爍舞動的火燄總是讓我著迷，至於漫出來的熱氣會將我的臉龐烘得通紅，那是一種很溫暖的差事呢，甚至偶而嘴饞，我還會偷偷地將地瓜埋在灶裏角落的炭灰中，那是晚上睡覺前最期待的零嘴宵夜。

小時候農藥還不普及，所以長蟲頗多，因此在鄉間，蛇類入侵民宅是司空見慣的事；而堆在屋簷下方的柴堆，由於縫隙多，所以便經常成爲蛇類窩居的地點，偶而在抽取柴木時還會發現蛇蛋呢，如今回想起來心裏還有點發毛，但是在當時，那些蛇類其實並沒有給我們帶來太多的驚恐，可能是習以爲常吧，就如同現在在家中發現蟑螂一樣，總想要追打而快之。

童年已經離我好遠了，到製材所購買柴木的過往也已經逐漸淡忘，但是在鄉下地方，仍然可以看見若干住家的屋簷下堆著一牆柴木，那是一種既熟悉又充滿回憶的風景，因此乍然瞥見，心情仍然會有些許的波湧，那是屬於童年美

好的觸動吧。

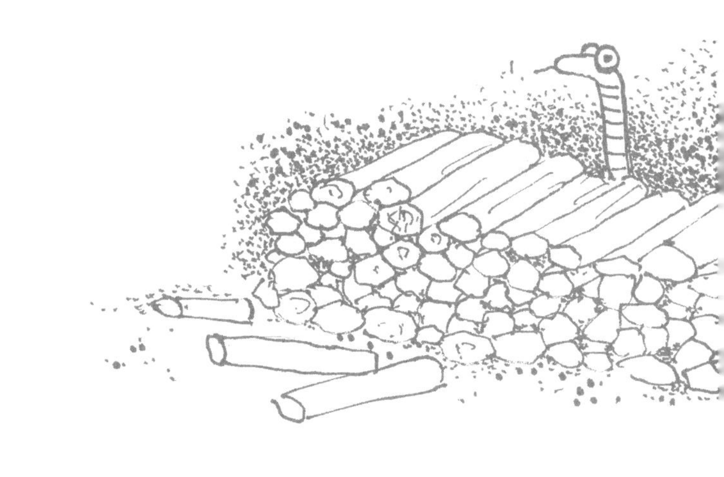

阿嬤

縫紉機

在五、六〇年代，縫紉機是一般家庭常見的設備之一，那時候台灣的經濟還沒起飛，大多數的百姓的生活並不富裕，因此自行縫補衣褲便顯得有其必要，甚至還可以成為婦女在家兼差賺點外快的方式之一，因此有一段時間，縫紉機還成為婚嫁時必備的一種嫁妝，顯見其重要性。

在我們家，縫紉機當然也是生活中必備的器具之一，但是除此之外，它還有更深一層的意義及價值存在，因為在貧困的童年，縫紉機給我們家帶來經濟改善的一種可能。大姐國中畢業之後便靠縫紉機來賺錢貼補家用，她當年從事針車繡花的工作，至於大哥國中畢業之後到台中當學徒，所學的也是縫紉機的

維修技術，所以對我們家而言，縫紉機不單單只是縫紉機。

大姐在國中時是讀最好班，但是爲了不想增加家裏的負擔，她放棄了升學的機會，並成爲針車繡花的女工。一開始，工作的地點在埔里，可以就近照顧家庭，但是後來，老闆爲了要降低貨物運送的成本，決定將工廠遷到台北，大姐因而跟著離鄉去工作，但是北上才一個多月，才剛剛領到薪水，大姐就接到家裏的緊急電報，告知母親因爲不明原因而導致雙眼看不見，於是被迫辭職返鄉。

母親的眼睛後來奇蹟式的復原，因此至今我們仍然不清楚當時爲何會短暫性的失明，母親一直認爲她的眼睛不好，是當初剛剛嫁到南投內山時終日以淚洗面所致，或許是真的哭壞了，也或許是其他的原因所造成，但不管如何？母親的眼睛恢復正常之後，大姐又放心地出外去賺錢，從事的同樣是繡花的工作，如今我還保存著兩幅大姐當年的繡花作品呢。

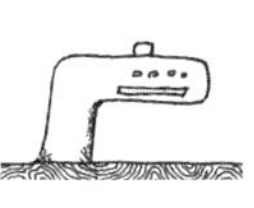

大哥是我們這些兄弟姐妹中最聰明的，因此在懵懵懂懂的童年時期，我們對他是崇拜有加，但是也同時被他欺侮得很慘。記得有一回，他將我的作業簿偷偷地藏了起來，害我到學沒辦法交作業，於是被老師修理的很慘，住在隔壁的同學回家告訴母親，害我又被母親痛打一頓，但是我只能委曲地哭泣，始終不敢說出實情。

我不知道是不是因爲大姐的工作性質所影響，讓大哥當年也決定去當縫紉機的維修學徒，但是我相信，憑他的聰明及能力，做什麼都沒有問題，因此幾十年過去了，即便是縫紉機早已沒落的現在，他維修縫紉機的技術始終還在，因此目前在工作之餘，他還可以兼差提供技術維修的服務，而且還可能是埔里僅存的一位。

家中舊式的縫紉機還在，但是早已不再使用，於是被冷落在角落，成爲一種多餘而且佔空間的擺設，但是偶而無意中瞥見，我仍然會自然地想起一些往事來，想起大姐及大哥當年靠縫紉機賺錢的過往，於是在回想當中，我深刻地感受到手足之間一種無法割捨的關照與深情。

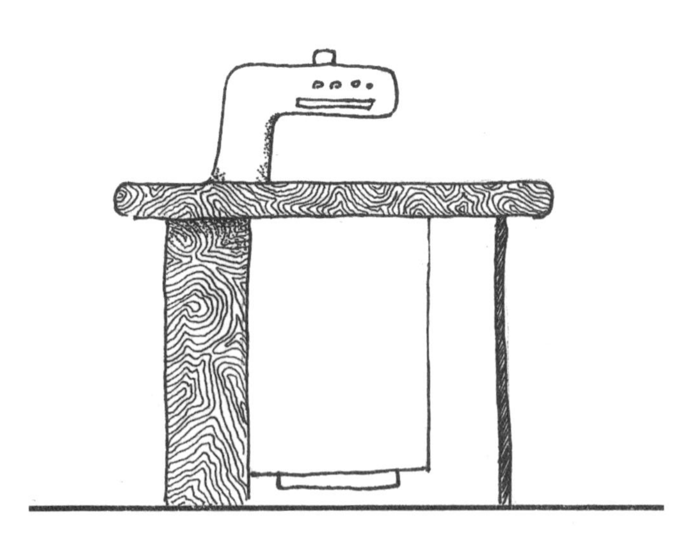

父親的印象

在母親的口中，父親是一位認真善良、敦厚木訥的人，在早年生活普遍貧困的山村，他爲了要養家活口，利用農閒的時間到附近的煤礦廠挖土炭用以增加收入，但是卻不幸在工作中意外摔傷，並且導致腦震盪而過世，當時我才三歲，是屬於完全不懂事的年紀，因此父親的離開人世顯然並沒有給我帶來任何的難過與悲傷，但是在我記憶的深處，卻意外地保存著一幅與父親相關的畫面。

畫面中，在一間低矮的土角厝裏，泥土的地面因爲長時間的踩踏而顯得堅硬光滑，而空盪盪的廳堂裏，母親正蹲坐在陰暗的牆腳低泣，牆面上則掛著一

張很新的黑白相片，相片中的人像不太清楚，但是我知道，那應該就是父親。儘管畫面中有母親低泣的身影，但是那樣的記憶，我並沒有感受到悲傷的氣氛，是因爲我當時還不懂事？還是因爲經過長時間的漂洗之後，就算有悲傷也早已色褪漆掉得模模糊糊了。

是的，就是那樣的記憶，成爲我對父親最早的印象，但是印象中的父親卻是模糊不清的，反倒是母親的低泣身影顯得清晰鮮明，因此，我後來只能透過母親的描述來加強對父親的印象。

父親是來自苗栗的客家人，家族最早是住在埔里，後來祖父帶著家人遷居魚池鄉外加道，育有五子，父親排行老二。母親嫁給父親之後，接連生了五個孩子，但是就在最小的孩子剛剛出生沒多久，父親就因爲意外而離世，當時其他房的親戚自顧不暇，根本沒有能力可以幫助我們，所以母親爲了生活不得已將二姐及小弟分給別人收養，然後帶著大姐、大哥與我改嫁埔里朱家。

母親嫁到朱家之後，將我過繼給養父收養，所以我後來姓朱，但是大姐及大哥依然姓潘，而這樣的差別，讓我在很小的時候就清楚自己的身世，但是養父對我們很好，給了我們一個安穩而且得以溫飽的家庭，然而在現實的生活中，難免還是會有一些委屈，譬如因為不乖而遭受母親打罵，或者是沒錢可以買心愛的玩具等等，而在委屈的當下，我常常會躲在棉被裏或是牆角一邊哭泣一邊想念父親，想念那個我未曾謀面就已經離世的父親。

後來，母親又生了兩個孩子，那是我同母異父的弟弟，其中么弟要出生時還是我到巷口去接引產婆的，所以在兩個弟弟陸續出生之後，我對父親的想念就更加頻繁了，那是一種害怕失寵所產生的情緒反應吧，但是我對父親的印象依然是模糊不清。直到有一年，祖父來通知母親，依照習俗，父親的屍骸要撿骨重葬了，但是母親已經改嫁，大姐及大哥又不在家，所以我成為父親撿骨時唯一在場的親人。

那是一個陰霾沒有陽光的日子，我跟著撿骨師來到鐵山里的公墓，然後依照對方的指示在父親的墳前祭拜一番，接著迴避在一旁。當時，公墓裏安靜著，環顧四周，除了看見比人還高的芒草之外，就是一大片的荒涼。重新回到墳前，墓塚已經被挖開一個洞穴，而一堆骨骸就攤在一旁的帆布上，相隔十幾年，我與父親的相遇竟是這般的景況，在我的印象中始終模糊的父親在當下顯得無比清楚，但是卻沒有表情、沒有笑容，只是一堆白骨。

接著，我又跟著撿骨師趕到鎮郊的覺靈寺，然後在寺旁的空地上清理父親的遺骨，或用噴燈燒烤以去除濕氣，或用刷子刷除雜草土屑，等一切整理妥當，撿骨師遂逐一地將父親的骨骸裝入金斗甕中，並且暫時安奉在寺裏等待擇日再葬。離開時，撿骨師吩咐我回去要找一張父親的相片，改天安葬時要使用，於是回到家，我立即轉告母親關於撿骨師的交待，當下，母親轉身從衣櫥裏拉出一只舊皮箱，裏頭存放著一些文件、相片及小東西，包括我被養父收養

的證明竟然也在裏頭。

母親從皮箱裏拿出一只牛皮信封，從裏頭抽出幾張相片，天啊！那竟然是父親的相片，有一張大頭照及幾張在田裏工作的生活照，雖然黑白而且有些泛黃，但是父親的容貌及身影卻清清楚楚地呈現在我眼前，那種感覺顯得既陌生又熟悉，於是一下子，我對父親的印象不再只是模糊，也不再只是一堆白骨。

國家圖書館出版品預行編目資料

阿彌陀佛阿嬤 / 潘樵 著 --初版--
臺北市：博客思出版事業網：2013.1

ISBN：978-986-6589-89-8（平裝）

855 101025084

心靈勵志 19

阿彌陀佛阿嬤

作　　者：潘樵
插　　畫：潘明君
美　　編：鄭荷婷
封面設計：鄭荷婷
執行編輯：張加君
出 版 者：博客思出版事業網
發　　行：博客思出版事業網
地　　址：台北市中正區重慶南路1段121號8樓14
電　　話：(02)2331-1675或(02)2331-1691
傳　　真：(02)2382-6225
E—MAIL：books5w@gmail.com或books5w@yahoo.com.tw
網路書店：http://store.pchome.com.tw/yesbooks/
http://www.5w.com.tw/
博客來網路書店、博客思網路書店、華文網路書店、三民書局
總 經 銷：成信文化事業股份有限公司
劃撥戶名：蘭臺出版社　帳號：18995335
香港代理：香港聯合零售有限公司
地　　址：香港新界大蒲汀麗路36號中華商務印刷大樓
C&C Building, 36,Ting, Lai, Road, Tai,Po, New,Territories
電　　話：(852)2150-2100　傳真：(852)2356-0735
出版日期：2013年1月 初版
定　　價：新臺幣220元整（平裝）
ISBN：978-986-6589-89-8